读者丛书

DUZHE CONGSHU

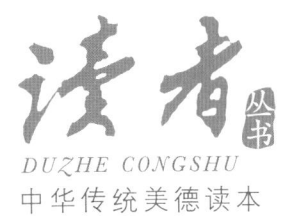

中华传统美德读本

一壶清茶许流年

读者丛书编辑组 / 编

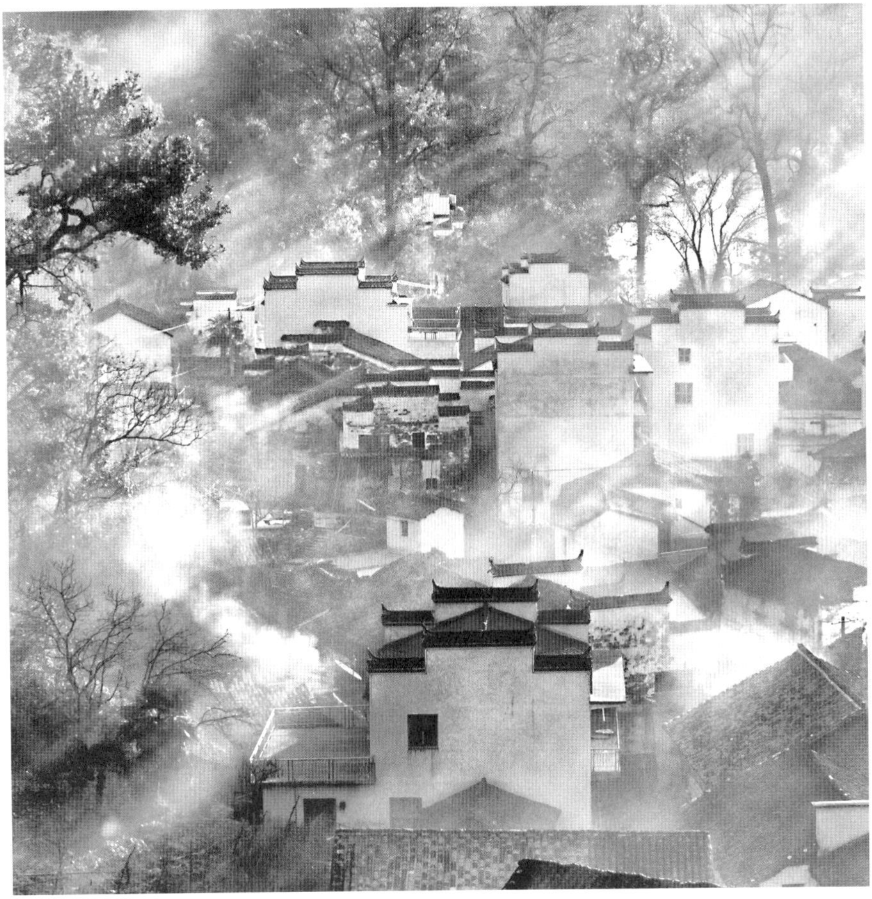

读者出版传媒股份有限公司
甘肃人民出版社
甘肃·兰州

图书在版编目（CIP）数据

一壶清茶许流年 / 读者丛书编辑组编. -- 兰州：甘肃人民出版社，2023.11
ISBN 978-7-226-05959-3

Ⅰ. ①一⋯ Ⅱ. ①读⋯ Ⅲ. ①散文集－中国－当代 Ⅳ. ①I267

中国国家版本馆CIP数据核字(2023)第113294号

出 版 人：梁朝阳
总 策 划：梁朝阳　马永强　李树军
项目统筹：宁　恢　原彦平
策划编辑：高茂林
责任编辑：王建华
助理编辑：程　卓
封面设计：裴媛媛

一壶清茶许流年

读者丛书编辑组　编

甘肃人民出版社出版发行
（730030　兰州市读者大道568号）
北京温林源印刷有限公司印刷

开本 710毫米×1000毫米　1/16　印张 15.25　插页 2　字数 195千
2023年11月第1版　2023年11月第1次印刷
印数：1~5 000
ISBN 978-7-226-05959-3　　定价：39.00元

目　录
CONTENTS

001　身体里装满了音符 / 麦淇琳

004　月饼与白煮蛋 / 徐海蛟

008　猫冢 / 宗　璞

013　人生不设限 / 王　宁　王若璐

016　远志：最励志的本草 / 阿　南

019　城市的幸事 / 蒋　韵

022　卖蚯蚓的人 / 汪曾祺

028　《浮生六记》中苏州的吃 / 张佳玮

033　朋友的"贝塔值" / 岑　嵘

036　风过有旧痕 / 王太生

038　冰上教父 / 摩登中产

046　半称心 / 孙道荣

049　宋人碗里的春天 / 刘万祥

052　别被"精彩"废掉 / 曹　林

057　回不去的故乡 / 肖　于

061　悲喜剧的四段乐章 / 许倬云

064　记录与记忆 / 岑　嵘

1

067 让儿童站在舞台中央 / 朱永新

071 塞云入瓮 / 王太生

074 听见月亮爬上来 / 华明玥

079 才根于器 / 游宇明

081 夏日醉满荷 / 韩希明

084 欢迎来到成人世界 / 陈海贤

087 小说往往是悖论 / 王安忆

089 袖子改写的历史 / 李任飞

092 遛鸟 / 汪曾祺

095 温柔走进良夜 / 耿　立

098 馄饨不混沌 / 陈　峰

101 一封旧信的折痕 / 朱成玉

104 迈出改变的第一步 / 陈海贤

109 青春对台戏 / 曾　颖

113 成为一个普普通通的救火骑士 / 明前茶

118 俗人老丁 / 老杨的猫头鹰

121 父母买房记 / 小李飞道

128 民间性格 / 王太生

130 穿过风雪的音乐盒 / 张　翔

134 正确前的不正确 / 李松蔚

137 向你的梦想鞠躬 / 刘继荣

141 张师傅的行为艺术 / 肖　遥

145 找到你的玫瑰花 / 罗　翔

150 像文人一样吃 / 秦　源

154 我总能遇到一些可爱的人 / 林语尘

157 华丽不要你知道 / 潘向黎

159 史湘云和林黛玉的各自孤独 / 王　路

163 老爸叶兆言 / 叶　子

167 物尽其用 / 蒋　韵

169 团圆饭 / 陈　峰

173 不说再见 / 陈年喜

176 厨师的书法 / 周华诚

179 通往爷爷身边的路 / 杨喵喵

182 越热闹，越孤独 / 戴建业

186 深冬月照 / 许冬林

189 鸟巢与洞穴 / 黎　戈

192 四十三顶女帽 / 明前茶

195 先吃哪粒葡萄 / 韩松落

197 世界上最"亲近"的人 / 碎　碎

204 重返蓝天 / 魏　晞

212 食物里藏着令人治愈的温柔 / 于非让

215 对失望很失望 / 苏　童

217 年轻是一种氛围感 / 艾小羊

220 当一个捞蚶人遇上金庸 / 梅姗姗

224 我知道你会来，所以我等 / 沙　言

227 当文科生遇上人工智能 / 雷册渊

232 父亲的金蛉子 / 赵丽宏

236 你就是他 / 狮　心

239 致谢

身体里装满了音符
麦淇琳

2021年,一个晚霞漫天的黄昏,我家附近的一棵老树被连根拔起,只留下一个树坑。到了2022年春天,那个树坑里忽然冒出些许枝条,过一阵子竟抖开了些细碎的花朵,紫色的、白色的。我看呆了,觉得这棵老树的生命似乎一直没有断,就算被连根拔起,它还在生长,就像很多美好而坚韧的东西,一直在人们的内心深处潜藏着。

某天某个时辰,我在窗前小坐,一阵风吹来了几朵蒲公英。我想起住在乡下的贞姨,她也种着一片蒲公英。陈洁姐在世的时候,每每犯病,贞姨便用那些蒲公英制成土方子,来缓解她的痛苦。

每次回乡经过贞姨家,我都会帮贞姨拔拔杂草。贞姨有时实在扛不住了,就在那片种着蒲公英的地里大哭一场。哭完了,她又站起来,做几个深呼吸，然后将满头的乱发捋一捋，抹去眼泪，日子照旧过。

那一刻，我不禁暗想：如果漫长的一生只用来忧虑和愁闷，那么人生这座舞台就不值得观摩了。当我们拥有了平常自然的心境，就会明白，万物不会同时喧嚣，也不会同时陷入绝望；风雨既至，我且尽力展现自己的悲伤，但风雨总与阳光同台，我也应尽情吟诵生命的喜悦，这样的人生才不虚此行。

某个夜晚，我走进长江边的陆城古镇。月光从天空泼洒而来，我想象着三国时期的陆逊，想象他年少时在父亲帐下，一边研读兵法，一边抚琴的模样。琴音随着暖风和月光的泼洒之声流淌，每拨一下，都是他内心所思和精神气象的呈现。

听当地老人说，陆逊当时在水边建了草堂，栽了翠竹，养了一群白鹤，还挖了一个鱼塘，他种的莼菜，如今已经成为珍贵的水生蔬菜。我站在那里许久，借着月色看那片旺盛的莼菜，绿茵茵的。彼时春雨忽至，野生莼菜接受了甘霖的洗礼，随波浮动，像一个个鲜活的生命在弹奏美妙的音符。

我忽然觉得，一个热爱生命的人，身体里应该永远装满了音符。不论遇到多少凄风苦雨，也不论经历多少无眠之夜，他的内心都一定停驻着很多光，像风停在花枝上，像月挂在柳梢头。

启功先生虽然得享高寿，但饱受疾病缠身之苦。启功先生曾写下不少诗词，他在《沁园春·病》中写道："病魔足下，可否虚衷听一言？亲爱的，你何时与我，永断牵缠？"

人在病中，都想让病魔赶紧离身，启功先生也不例外，可他另有一番大境界，他称"病魔足下"为"亲爱的"。大抵，对启功先生而言，苦难和泥泞不应只是人生一场征伐的过程，还是淬炼自己精神人格的机会。

我想，那些一路从泥泞里走来，面带微笑的人，身体里一定装满了美妙的音符。

（摘自《读者》2022年第18期）

月饼与白煮蛋

徐海蛟

外祖父是个顶寂寞的人。

外祖母不到五十岁就撒手人寰,外祖父一个人拉扯六个儿女,既当爹又当妈。他腌咸菜,浆洗床单,缝补衣裤,给儿女们做一日三餐,将简陋的餐桌擦得一尘不染……外祖父是个不停歇的陀螺,一直旋转,还是个顶寂寞的人。他从不多言,很少发火,见人来,脸上现出怯怯的浅而淡的笑。他患有沙眼,总是迎风流泪,以致小时候的我误以为外祖父动不动就会哭。

母亲是家中长女,她出嫁后,外祖父就更找不到人说话了。他的四个儿子,几乎没一个争气的,兄弟之间不时发生争执,而到外头又总被人欺负。外祖父和儿子说不上话;小女儿呢,本也聪明伶俐,可怜从小生了耳疾,没钱治疗,以致到了近乎失聪的境地,外祖父便和小女儿也说不上话了。

他只有一个大女儿可指望。

外祖父隔几个月来趟我家，并不为处理确切的事。他来，或许仅是想看看大女儿，看看我和妹妹。

当时我们并不太理解外祖父，觉得他来或不来，都没有激发我们一些额外的情绪。有时我们会见到他局促地坐在小桌子前吃米面——以米面招待客人是我们那儿唯一而隆重的待客方式。外祖父慢慢吃，面前置一小碗，里面是从大盘里匀出的面，上头堆着猪肉和鸡蛋丝。母亲常要将那些吃食重新往外祖父碗里扒拉，外祖父时常是推托的，他说"给孩子吃，给孩子们吃"，说着说着会脸红起来。

有时，我们未能遇见外祖父，他每回来，待的时间都不长，吃完母亲做的面，喝碗白开水，也就起身走了。但我们也能知道他来过，旧八仙桌上放着一对月饼，必然是外祖父带给我和妹妹的礼物。

外祖父并不是富足的长辈，除了入冬后背一袋番薯，杀了猪后拎一刀猪肉来……很多时候，他空着双手，独自走过一段山路，跨过一条溪，由一个小山村走向另一个小山村。但外祖父从不忘记装两个月饼。

只要来我家，他口袋里总会藏着一对月饼。他掏出来给我们，没有更多言语，手有些微微发颤，月饼屑就掉落到地上。我最早吃到的月饼大概就来自外祖父。长大后，我们遇到的月饼俨然只成为节日摆设，越来越没人青睐，家里只有我依然爱吃月饼。有社会学家做过调查，说爱吃月饼的人大多出身卑微。没办法，我就是这么一个大山里出生的孩子。外祖父的月饼是我吃过的全世界最好吃的月饼。那会儿，这就是我对月饼和其他食物的全部见识，而今，我也依然是这番见识。

等我们到了再无法遇见外祖父的年纪，我开始回想外祖父买月饼的情形。每一回，他大概都是到村里的小店，表情淡然，轻声和小店老板说："两个月饼。"此后，便再无第二句话。以前那个小店老板调侃过外祖父，说他一辈子不懂买零食，隔几个月来买两个月饼，一定是要去看望外孙、外孙女了。

月饼就在外祖父口袋里，有时以油纸包裹，有时以手帕包裹。外祖父独自走动，月饼不声不响。有时，外祖父的手会触到月饼，他很小心地将口袋拉一拉，想到月饼，外祖父心里应该是甜的。

只有一次，我和妹妹拒绝了外祖父给的月饼，因为我们在外祖父家没吃到肉。其时外祖父家里正造新屋，有一群木匠、石匠、泥水匠，餐桌上每餐都会上一盆肉，这是待师傅的规矩，若无肉可就是大不敬了。但外祖父家那一年养的猪格外瘦小，又买不起肉，只好从我家带了几十斤肉去。这肉就显得金贵起来，母亲负责烧菜做饭给师傅们吃，每回等到师傅们吃完，自家人才能上桌。我们一上桌，母亲就将那盆肉撤下，由此，我和妹妹深感委屈，竟怨到外祖父头上了。

外祖父照旧从衣袋里掏出月饼，充满期待地注视着我们。我转过身去，撒腿跑开了。见我跑，妹妹也跟着跑。那一回，我们一定让外祖父犯了难，他的手停在空中，像受伤的鸟，不知该落到哪儿。他脸上的表情一定很僵硬，眼里一定泛起了泪花。为此，我和妹妹挨了母亲一顿声色俱厉的骂，母亲太知道外祖父的难处了。他那么默默走来，待上一时半刻，又起身离开，从不向女儿女婿提要求，也从不诉苦，总一个人默默消化全部的苦。

往后，我们举家迁徙，这件事于外祖父一定是顶伤心的，他再也找不到地方去坐一坐了。但外祖父从没说起，仿佛那也是稀松平常的事。只是每一次我们探亲后离开，外祖父都执意和舅舅们一道走五六里山路，送我们到乡里的车站。照例并无言语，但他有白煮蛋。

是的，外祖父在天蒙蒙亮时便起来煮鸡蛋，煮出十几个来，说让我们路上吃。路上哪能吃得下这么多鸡蛋？他不容分说地将热鸡蛋塞到我和妹妹的衣兜里、裤袋里。随后，拎着剩下的鸡蛋，陪我们走完一段长长的山路。路上，外祖父总是不说话，只有杂沓的脚步声，只有早起的鸣虫叫唤。待大客车发出"突突突"的声响，我们都坐到位置上，外祖父便由窗外将鸡蛋递给母亲。这是外祖父能想到的唯一的告别仪式。每一回告别，外祖父都要重复这件事，他重复了好多年，一直到瘫痪在床，到再不能动弹。

我坐在大客车上，手插进衣兜里，左右手心各握住一枚鸡蛋，鸡蛋温热、小巧、光滑，一直要过好久好久，才会冷却下来。车开动了，外祖父静立窗外，他的眼睛被风一吹，又有了泪水，他一句话没说，就那么看着车载着我们远去。

（摘自《读者》2022 年第 22 期）

猫冢

宗璞

10月份到南方转了一圈,成功地逃避了气管炎和哮喘——那在去年是发作得极剧烈的。月初回到家里,满眼已是初冬的景色。小径上的落叶厚厚一层,树上倒是光秃秃的了。风庐屋舍依旧,房中父母遗像依旧,我觉得似乎一切平安,和我们离开时差不多。

见过了家人以后,觉得还少了什么。少的是家中另外两个成员——两只猫。"媚儿和小花呢?"我和仲同时发问。

回答说,它们出去玩了,吃饭时会回来。午饭之后是晚饭,猫儿还不露面。晚饭后全家在电视机前小坐,照例是少不了两只猫的。媚儿常坐在沙发扶手上,小花则常蹲在地上,若有所思地望着我,我总是和它说话,问它要什么,一天过得好不好。它以打哈欠来回答。有时它试图坐到我膝上来,有时则看看门外,那就得给它开门。

可这一天它们没有出现。

"小花，小花，快回家！"我开了门灯，站在院中大声召唤。因为有个院子，屋里屋外，猫们来去自由，平常晚上我也常常这样叫它，叫过几分钟后，一个白白圆圆的影子便会从黑暗里浮出来，有时快步跳上台阶，有时走两步停一停，似乎是在闹着玩。有时我大开着门它却不进来，忽然跳着抓小飞虫去了，那我就不等它，自己关门。一会儿再去看时，它坐在台阶上，一脸期待的表情，等着开门。

小花被家人认为是我的猫。叫它回家是我的差事，别人叫，它是不理的，仲因为给它洗澡，和它隔阂最深。一次仲叫它回家，越叫它越往外走，走到院子的栅栏门了，忽然回头，见我站在屋门前，它立刻转身飞箭似的跑到我身旁。没有衡量，没有考虑，只有天大的信任。

对于这样的信任我有些歉然，因为有时我也不得不哄骗它，骗它在家等着，等到的却是洗澡。可它似乎认定了什么，永不变心，总是坐在我的脚边，或睡在我的椅子上。再叫它，它还是高兴地回家。

可是现在，无论我怎么叫，只有风从树枝间吹过，好不凄冷。

20世纪70年代初，一只雪白的、蓝眼睛的狮子猫来到我家，我们叫它狮子，它活了5岁，在人来讲，约30多岁，正在壮年。它是被人用鸟枪打死的。当时它刚生过一窝小猫，好的送人了，只剩一只长毛三色猫，我们便留下了，叫它花花。花花5岁时生了媚儿，因为好看，没有舍得送人。花花活了10岁左右，也还有一只小猫没有送出。也是深秋时分，它病了，不肯在家，曾回来有气无力地叫了几声，用它那妩媚温顺的眼光看着人，那便是它的告别了。后来它忽然就不见了。猫不肯死在自己家里，怕给人添麻烦。

孤儿小猫就是小花，它是一只非常敏感，有些神经质的猫，非常注意人的脸色，非常怕生人。它基本上是白猫，头顶、脊背各有一块乌亮的黑，还有尾巴是黑的。它的尾巴常蓬松地竖起，如一面旗帜，招展得很有表情。它的眼睛略呈绿色，目光中常有一种若有所思的神情。我常常抚摸它，对它说话，觉得它不知什么时候就会回答。若是它忽然开口讲话，我一点儿不会奇怪。

小花有些狡猾，心眼儿多，还会使坏。一次我不在家，它要仲给它开门，仲不理它，只管自己坐着看书。它忽然纵身跳到仲的膝上，极为利落地撒了一泡尿，仲连忙站起时，它已方便完毕，躲到一个角落去了。"连猫都斗不过"成了仲的一个话柄。

小花也是很勇敢的，有时和邻家的猫小白或小胖打架，背上的毛竖起，发出和小身躯全不相称的吼声。"小花又在保家卫国了。"我们说。它不准邻家的猫践踏草地。猫们的界限是很分明的，邻家的猫儿也不欢迎客人。但是小花和媚儿极为友好地相处，从未有过纠纷。

媚儿比小花大4岁，今年已快9岁，有些老态龙钟了。它浑身雪白，毛极细软柔密，两只耳朵和尾巴是一种娇嫩的黄色。小时可爱极了，所以得一媚儿之名。它不像小花那样敏感，看上去有点儿傻乎乎。它曾两次重病，都是仲以极大的耐心带它去小动物门诊，给它打针服药，终得痊愈。两只猫洗澡时都要放声怪叫。媚儿叫时，小花东藏西躲，想逃之夭夭。小花叫时，媚儿不但不逃，反而跑过来，想助一臂之力。其憨厚如此。它们从来都用一个盘子吃饭。小花小时，媚儿常让它先吃。小花长大，就常让媚儿先吃。有时一起吃，也都注意谦让。我不免自夸几句："不要说郑康成婢能诵毛诗，看看咱们家的猫！"

可它们不见了！两只漂亮的、各具性格的、懂事的猫，你们怎样了？

据说我们离家后的几天中，小花在屋里大声叫，所有的柜子都要打开看过。给它开门，又不出去。之后就常在外面，回来的时间少。再以后就不见了，带着爱睡觉的媚儿一起不见了。

"到底是哪天不见的？"我们追问。

都说不清，反正好几天没有回来了。我们心里沉沉的，找回的希望很小了。

"小花，小花，快回家！"我的召唤在冷风中向四面八方散去。

没有回音。

猫其实不仅是供人玩赏的宠物，它对人是有帮助的。我从来没有住过新建成的房子，旧房就总有鼠患。在城内乃兹府居住时，老鼠大如半岁的猫，满屋乱窜，实在令人厌恶，抱回一只小猫，就平静多了。风庐中鼠洞很多，鼠们出没自由。如有几个月无猫，它们就会偷粮食，啃书本，坏事做尽。若有猫在，它不用费力去捉老鼠，只要坐着，甚至睡着喵呜几声，鼠们就会望风而逃。一次父亲和我还据此讨论了半天"天敌"两字。猫是鼠的天敌，它就有灭鼠的威风！驱逐了鼠的骚扰，面对猫的温柔娇媚，感到平静安详，赏心悦目，这多么好！猫实在是人的可爱而有益的朋友。

小花和媚儿的毛都很长，很光亮。看惯了，偶然见到紧毛猫，总觉得它们没穿衣服。但长毛也有麻烦处，它们好像一年四季都在掉毛，又不肯在指定的地点活动，以致家里到处是猫毛。有朋友来，小坐片刻，走时一身都是猫毛，主人不免尴尬。

一周过去了，没有踪影。也许有人看上了它们那身毛皮——亲爱的小花和媚儿，你们究竟遇到了什么！

我们曾将狮子葬在院门内的枫树下，大概早融在春来绿如翠、秋至红如丹的树叶中了。狮子的儿孙们也一代又一代地去了，它们虽没有葬在冢内，也各自到了生命的尽头。"前不见古人，后不见来者"，生命只有这么有限的一段，多么短促。我亲眼看见猫儿三代的逝去，是否在冥冥中，也有什么力量在看着我们一代又一代在消逝呢？

（摘自《读者》2014年第5期）

人生不设限

王　宁　王若璐

不设年龄之限

95岁应该是一个什么样的年龄？功成身退，安享晚年……这些都是很好的，可中国科学院院士叶叔华偏不。

年龄对她来说似乎并不是"该做什么，不该做什么"的限制，95岁的她只要不出去开会，依然每天到上海天文台上班。在她看来，这种状态已经是"人生的一部分"。

几年前，叶叔华曾在一次演讲中说："其实不是说'我想做什么事'，只能说'92岁的我还能做什么'。"

不设性别之限

叶叔华坦言,自己有时候是一个脾气很大的人,说到当年去紫金山天文台找工作的事情,她更是直言"气死了"。当时,她和丈夫程极泰一起去,对方说只招一个男的。"我当时真是生气死了,回去就写了一封信给台长,说你不该不请我,写了5个理由。"虽然后来仔细想了一下,觉得应该体谅对方的困难,但在她看来,"无论怎么难,你也不能说只招一个男的"。

后来,已经是天文台台长的她去法国访问,离别的时候,对方说为女天文台台长干杯。叶叔华听罢,直言不讳地说:"可能若干年后,女台长会跟男台长一样多。"

不设困难之限

说起"天问一号""嫦娥探月""北斗"等工程,大家可能都听说过,但这背后的航天测控系统VLBI(甚长基线干涉测量技术)网可能很多人并不知道。如果没有这个测控系统的精确护航,这些探测器就像没了眼睛。这项技术简而言之,就是把几个小的射电望远镜分别放在北京、乌鲁木齐、西安、昆明,联合起来达到一架超大望远镜的观测效果。

叶叔华最厉害的地方正是她超常的远见。"嫦娥一号"是2007年发射的,而在此之前的30多年,叶叔华就开始苦心布局、积极推动并最终建起了VLBI网。那个时候,几乎没有人理解这一切。

事实上,这件事的困难程度,叶叔华自己想起来都害怕。"我们平时用的设备也就十几厘米这么大(口径),你突然要25米,自己想想都害怕。"叶叔华说。

为了做出口径 25 米的射电望远镜，叶叔华冒冒失失地跑到四机部，问能不能造 25 米的天线。对方头也不抬，说："不行。"叶叔华没办法，后退了一步站在那里。"当时想的是申包胥哭秦廷。申包胥到秦国去请救兵，秦王不理他，他就站在秦国的朝廷上哭了几天几夜，眼泪都哭干了，后来秦王才答应他去救楚国。人家几天几夜都哭了，让你等一会儿就放弃了？"

叶叔华不肯就此罢休，她又站了一刻钟，直接问："我能不能见部长？"这个大胆的要求把对方也吓了一跳，但还是给安排了。等见了部长，部长很和气，听了叶叔华说的事情，立即答应了。

大概正是因为这样，上海天文台的同事才会说："叶先生是个帅才，但是，她又是个急先锋。万事开头难，开头都是她打天下。"

就这样，先是在上海，再是在昆明、乌鲁木齐等地，叶叔华带领同事们一步步建立起了 VLBI 网，为我国的航天事业做出了很大贡献。

2022 年，叶叔华 95 岁了，提到她心心念念的天文梦想，人们依旧可以在她眼中看到光，一如她所热爱的星河。

（摘自《读者》2022 年第 7 期）

远志：最励志的本草

阿 南

我最初是通过刘义庆的《世说新语》知道远志这一味中药材的。书中提到，心怀隐居东山之志的谢安曾多次拒绝朝廷出仕的邀请，后来碍于一代枭雄桓温的再三邀请，才终于出山当了桓温的司马。一天，有人给桓温送了一些草药，其中就有远志。桓温便问谢安："此药又名小草，何一物而有二称？"一种东西为什么会有两个名字呢？谢安闭口不答。这时，在座的素以诙谐著称的名士郝隆回答："隐居山中时叫远志，出山后便成了小草。"显然是在调侃谢安晚节不保，屈就朝廷一事。桓温爱才心切，怕谢安面子上过不去，赶紧打圆场说："郝参军这个失言却不算坏，话也说得极有意趣。"

我当时折服于刘义庆通过寥寥数语，便将仨人的性格特征刻画得淋漓尽致的笔法，哪里有心思去深究远志的前世今生。

某年五一假期，我和家人去丫髻山游玩。在沿阶登顶的途中，我偶然瞥见在向阳的贫瘠风化土地上，有几丛十多厘米高的植物开着蓝紫色小花，煞是好看。我稍事停留，站在一旁向来往的游人请教它的名字，但游人都忙着赶路，顾不上回答我。我只得拿手机拍了几张照片，方便路上继续询问。在半山腰处，终于有一位游人不吝赐教，说这是阮志，山上多的是。阮志？我的大脑里怎么也搜索不到这么一种植物。

直到抵达金顶，扶栏远眺，我仍在想阮志。清风中，我猛然想起平谷和蓟州一带的口音特点，猜测半路上那位中年男子所说的"阮志"，会不会是《世说新语》中提到的"远志"。我立刻拿出手机查询了一番，果然证实了自己的猜想。

回家后，我补了功课，这才知道郝隆一语双关的由来：作为中药材，远志指的是这种植物的根，而发苗长出的枝叶又被称作小草，小草虽然也可益智，却不具远志的祛痰功效。显然，东晋时期的人们对远志的了解还有一定的局限。北宋的《本草图经》强调："古本通用远志、小草；今医当用远志，稀用小草。"

古人处世，相较于今人含蓄了许多，但也不乏妙趣，比如汉唐时期别离时的赠柳旧俗。古人们也常借用某一事物名称的谐音，来表达自己的心志。相传，姜维诈降期间，曾遣人给母亲捎去远志、当归以明心志。这便是"但有远志，不在当归"这一名言的由来。据载，此类习俗在魏晋时期已颇为盛行，召唤出行在外的人回归时会寄送当归，若收到者自觉大业未竟，拒绝返回，则回寄远志。晚清时期的思想家、诗人龚自珍，因屡次建议清廷抵制鸦片遭拒，自觉报国无门，借用远志、小草之异，奋笔写下诗句："九边烂熟等雕虫，远志真看小草同。"

远志是有名的益智良药，唐朝以前多用来提高人的记忆力。葛洪在

《抱朴子·仙药篇》中说："陵阳子仲服远志二十年，有子三十七人，开书所视，记而不忘。""药王"孙思邈更是将远志列为益智方药的首位。现在，远志益智安神、抑菌抗癌、降压、催眠等功效正逐渐得到现代医学的证实。

像远志这样拥有十足现代感且具有意蕴深远"花语"的植物，在本草中并不多见。远志耐旱、不喜湿，只需选择排水性良好的植料，控制浇水量即可保持生长；一旦过了苗期，不需要多么细心养护，也能茁壮成长。远志丛生的枝干，仅十几厘米高；其细细的叶子互生，仅1~4厘米长。配上山石或枯木，这么矮小的一丛远志，也便有了玉树临风的仪态。等到5月，远志进入花期，2~14厘米长的总状花序便会从枝头冒出，探出蓝紫色的花。在随后的两个月内，花朵的顶端会慢慢开满淡紫色的花丝，状若朋克的夸张发型。这应该是为了提高传粉概率而进化出的结果，却为养花人提供了为之一振的视觉效果。

（摘自《读者》2022年第18期）

城市的幸事
蒋　韵

去年秋天，我到老师尤敏先生家做客，她请我喝西湖藕粉，吃黄桥小烧饼。因为她刚从苏州、杭州和南京转了一圈回来，又因为她本是苏州人，向来喜欢江南点心。西湖藕粉端上来，一股桂花香扑鼻而来。先生说："是新鲜的桂花糖，从杭州带回来的。刚买来时，香得不得了，这一路走回来，香味已经淡多了。"

我听得出话中怀乡的那点儿惆怅。至于桂花糖，久居黄土高原的我实在没有多少资格去说三道四。我又曾见过几棵桂花树呢？但我知道在我老师的家乡，在江南，尤其是在昔日的江南，做桂花糖也算是三秋的盛事胜景之一吧。

我很喜欢到老师家做客，这怕也是其中的一个原因。在老师这里，常能遇见意外之喜。比如这样一小碗西湖藕粉，比如这应时应景的新鲜桂花糖，东西也许并不值钱，难得的是"应时应景"这四个字。在暮秋的北地，想起斜阳中的满觉陇，想起《迟桂花》，想起"十里荷花，三秋桂子"的前人辞章，喜悦或感慨，是这一小碗点心盛不下的。

冬天去老师家，若赶上吃饭，也无须客气，坐下来，喝的是老师刚刚暖好的黄酒，绍兴加饭或花雕，里面加几粒话梅，纯粹是为了迎合我这个北方学生的口味。

有一次说起张爱玲，我说她在《半生缘》里写到一种南京的小菜，叫莴笋圆子，是把莴笋腌了盘起来，中间塞一朵干玫瑰花。春节时，老师招饮留饭，一大桌盛馔里面，有一只小白瓷碟，碟中赫然摆了几个绿莹莹的莴笋，每一个中心开一小朵紫玫瑰。老师笑道："特为你准备的，张爱玲的小菜，是亲戚从南京带来的。"

老师的丈夫梁先生是南京人，有亲戚从南京来，带只板鸭、盐水鸭或带些鸭胗之类是可以想到的，带来家制的腌菜——莴笋圆子，若不是老师特意请托了，谁会想到带这种东西来呢？这是整个春节期间，我吃到的最有滋味的东西。

如今有一句话，叫"吃气氛"。为此，有人不惜一掷千金。水晶吊灯、进口墙布、红木餐桌都折算在菜价里了，当然还包括玫瑰花和服务员的微笑等。路易十三干邑是"气氛"，波尔多干红、轩尼诗白兰地是"气氛"，龙虾船是"气氛"，玉米棒子和老南瓜也是"气氛"，只要你肯花钱。花钱买来的气氛，或奢华，或高贵，或典雅，或怀旧，但它总缺少一点儿什么。

就像艳丽夺目的假花。

还有其他气氛，大约已被我们遗忘了。比如，"绿蚁新醅酒，红泥小火炉。晚来天欲雪，能饮一杯无？"再比如，"绿竹入幽径，青萝拂行衣。

欢言得所憩，美酒聊共挥。"还比如，"开轩面场圃，把酒话桑麻。待到重阳日，还来就菊花。"这样的气氛和情致，可是买不到的。

所以，在今天，在我们日益进步和喧哗的城市，能有这样一处地方，为我们安静而从容地保留一小碗应时应景的西湖藕粉和新鲜桂花糖，保留几只富有故事性的玫瑰莴笋圆子，可以说是我们城市的幸事。

上面这段小文，写于1996年6月，已是20多年前的事了。如今尤敏老师早已移居海滨城市大连，和女儿一起生活，而她的丈夫梁先生，则因罹患癌症去世多年。梁先生生病，住院治疗期间，我们几个学生和尤老师一起，共同经历了那折磨人的一切。记得我和李锐最后一次去看梁先生，他已是骨瘦如柴、气息奄奄，却笑着对我们说："等我出院了，我请你们去吃海鲜，去'海外海'。"

我也笑着回答："好，我们等您请客。"

其实，我们都知道，那已是永远不可能的事了。

自梁先生往生后，尤老师也曾回过几次我们的城市。我们去家里看望她，却再也没有吃过她亲手烹制的美味。往往是就近找一家饭店或者咖啡屋，大家吃一餐便饭而已。没有人比我们更明白，在这座城市，我们的老师只剩下一处寥落的空屋，而没了一个有人间烟火的家。那些美好的日子，如大风吹落的花瓣，永别了。

（摘自《读者》2022年第13期）

卖蚯蚓的人

汪曾祺

我每天到玉渊潭散步。

玉渊潭有很多钓鱼的人。他们坐在水边,瞅着水面上的漂子。难得看到有人钓到一条二三寸长的鲫瓜子。很多人一坐半天,一无所得。等人、钓鱼、坐牛车,这是世间"三大慢"。这些人真有耐性。各有一好,这也是一种生活。

在钓鱼的旺季,常常可以碰见一个卖蚯蚓的人。他慢慢地蹬着一辆二六的旧自行车,有时扶着车慢慢地走着。走一截,扬声吆唤:

"蚯蚓——蚯蚓来——"

"蚯蚓——蚯蚓来——"

有的钓鱼的就从水边走上堤岸,向他买。

"怎么卖?"

"一毛钱三十条。"

来买的掏出一毛钱,他就从一个原来是装油漆的小铁桶里,用手抓出三十来条,放在一小块旧报纸上,交过去。钓鱼人有时带点解嘲意味,说:

"一毛钱,玩一上午!"

有些钓鱼的人只买五分钱的。

也有人要求再添几条。

"添几条就添几条,一个这东西!"

这人长得很敦实,五短身材,腹背都很宽厚。这人看起来是不会头疼脑热、感冒伤风的,而且不会有什么病能轻易地把他一下子打倒。他穿的衣服都是宽宽大大的,旧的,褪了色,而且带着泥渍,但都还整齐,并不褴褛,而且单夹皮棉,按季换衣。按照老北京人的习惯,也可能是为了便于骑车,他总是用带子扎着裤腿。脸上说不清是什么颜色,只看到风、太阳和尘土。只有有时他剃了头,刮了脸,才看到本来的肤色。新剃的头皮是雪白的,下边是一张红脸。看起来就像是一件旧铜器在盐酸水里刷洗了一通,刚刚拿出来一样。

因为天天见,面熟了,我们碰到了总要点点头,招呼招呼,寒暄两句。

"吃啦?"

"您遛弯儿!"

有时他在钓鱼人多的岸上把车子停下来,我们就说会子话。他说他自己:"我这人爱聊。"

我问他一天能卖多少钱。

"一毛钱三十条,能卖多少!块数来钱,两块,闹好了有时能卖四块钱。"

"不少!"

"凑合吧。"

我问他这蚯蚓是哪里来的：

"是挖的？"

旁边有一位钓鱼的行家说：

"是贲的。"

这个"贲"字我不知道该怎么写，只能记音。这位行家给我解释，是用蚯蚓的卵人工孵化的意思。

"蚯蚓还能'贲'？"

卖蚯蚓的人说：

"有'贲'的，我这不是，是挖的。'贲'的看得出来，身上有小毛，都是一般长。瞧我的：有长有短，有大有小，是挖的。"

我不知道这里面还有这么大的学问。

"在哪儿挖的，就在这玉渊潭？"

"不！这儿没有。在丰台。"

他还告诉我丰台附近的一个什么山，山根底下，那儿出蚯蚓，这座山名我没有记住。

"丰台？一趟不得三十里地？"

"我一早起蹬车去一趟，回来卖一上午。下午再去一趟。"

"那您一天得骑百十里地？"

"七十四了，不活动活动成吗！"

他都七十四了！真不像。不过他看起来像多少岁，我也说不上来。这人好像是没有岁数的。

"您一直就卖蚯蚓？"

"不是！我原来在建筑行业当壮工。退休了。退休金四十几块，不够花的。"

我算了算，连退休金加卖蚯蚓的钱，有百十块钱。断定他一定爱喝两盅，我把手圈成一个酒杯形，问：

"喝两盅？"

"不喝——烟酒不动！"

那他一个月的钱一个人花不完，大概还会贴补儿女一点。

"我原先也不是卖蚯蚓的。我是挖药材的。后来药材公司不收购，才改干了这个。"

他指给我看：

"这是益母草，这是车前草，这是红苋草，这是地黄，这是稀莶……这玉渊潭到处是钱！"

他说他能认识北京的七百多种药材。

"您怎么会认药材的？是家传？学的？"

"不是家传。有个街坊，他挖药材，我跟着他，用用心，就学会了。这北京城，饿不死人，你只要肯动弹，肯学！你就拿晒槐米来说吧——"

"槐米？"我不知道槐米是什么，真是孤陋寡闻。

"就是没有开开的槐花骨朵儿，才米粒大。晒一季槐米能闹个百儿八十的。这东西外国要，不知道是干什么用，听说是酿酒。不过得会晒。晒好了，碧绿的！晒不好，只好倒进垃圾堆。蚯蚓！蚯蚓来！"

我在玉渊潭散步，经常遇见的还有两位，一位姓乌，一位姓莫。乌先生在大学当讲师，莫先生是一个研究所的助理研究员。我跟他们见面时也点头寒暄。他们常常发一些很有学问的议论，很深奥，至少好像是很深奥，我听不大懂。他们都是好人，不是"造反派"，不打人，但是我觉得他们的议论有点不着边际。他们好像是为议论而议论，不是要解决什么问题，就像那些钓鱼的人，意不在鱼，而在钓。

乌先生听了我和卖蚯蚓的人的闲谈，问我：

"你为什么对这样的人那样有兴趣？"

我有点奇怪了。

"为什么不能有兴趣？"

"从价值哲学的观点来看，这样的人只有低级价值。"

莫先生不同意乌先生的意见。

"不能这样说。他的存在就是他的价值。你不能否认他的存在。"

"他存在。但是充其量，他只是我们这个社会的填充物。"

他们争执不下，转过来问我对卖蚯蚓的人的"价值"、"存在"有什么看法。

我说：

"我只是想了解了解他。我对所有的人都有兴趣，包括站在时代前列的人和这个卖蚯蚓的人。这样的人在北京还不少。他们的成分大概可以说是城市贫民。糊火柴盒的、捡破烂的、捞鱼虫的、晒槐米的……我对他们都有兴趣，都想了解。我要了解他们吃什么和想什么。吃什么，我知道一点儿。比如这个卖蚯蚓的老人，我知道他的胃口很好，吃什么都香。他的一嘴牙只有一颗活动的。他的牙很短、微黄，这种牙最结实，北方叫作'碎米牙'。他说：'牙好是口里的福。'我知道他今天早上吃了四个炸油饼。他中午和晚上大概常吃炸酱面，一顿能吃半斤，就着一把小水萝卜。他大概不爱吃鱼。至于他想些什么，我就不知道了，或者知道得很少。我是个写小说的人。对于人，我只能想了解、欣赏，并对他进行描绘，我不想对任何人作出论断。我对人，更多地注意的是他的审美意义。你们可以称我是一个爱观察生活现象的美食家。这个卖蚯蚓的粗壮的老人，骑着车，吆喝着'蚯蚓——蚯蚓来'！不是一个丑的形象。当然，我还觉得他是个善良的、有古风的自食其力的劳动者，他至少不是社会的蛀虫。"

这时忽然有一个也常在玉渊潭散步的学者模样的中年人插了进来，他自我介绍：

"我是一个生物学家。我听了你们的谈话。从生物学的角度，是不应鼓励挖蚯蚓的。蚯蚓对农业生产是有益的。"

我们全都傻了眼了。

（摘自《读者》2014年第13期）

《浮生六记》中苏州的吃

张佳玮

如此评价未免失礼,但《浮生六记》的作者沈复,论文笔与见识,是不如李渔、袁枚这些大才子的。

那么《浮生六记》何以动人呢?

用沈复自己的话说,这书"不过记其实情实事而已"。

恰因为记其实情实事,才显得好——不是他描述得有多花团锦簇,而是他笔下当日苏州的人情,以及他与妻子芸娘的生活,煞是好看。

沈复以为,贫寒之人的起居饮食宜俭省而雅洁。他爱喝点儿小酒,但不喜欢准备太多菜。妻子芸娘便依他的做派,为他置备了一个梅花盒:拿二寸白瓷深碟六只,中间放一只,外头放五只,用灰色漆过一遍,形状摆放犹如梅花,底盖都起了凹棱,盖上有柄,形如花蒂。把这个盒子放在案头,如同一朵墨梅,覆在桌上;打开盏看看,就如把菜装在花瓣里。

一盒六种颜色,二三知己聚会喝酒时,可以随意从碟子里取东西来吃,吃完了再添——很精巧方便,也省得摆一桌。

他们一家住在萧爽楼中时,嫌这地方暗,便用白纸糊了墙壁,房间就明亮了。夏天楼下的窗户没有栏杆,看上去空洞洞的,无遮无拦,便自做竹栏杆,加以旧竹帘,用以遮挡。

夏天荷花初放时,晚上闭合,白日盛开。芸娘便用小纱囊,撮了少许茶叶,放在荷花心;第二天早上取出,烹了"天泉水"来泡茶,香韵尤其绝妙。

如此这般,居家过日子,不富裕,却也能过出味道来。

这些细节,平平无奇,如实道来。其动人处不在文笔,在趣味。

沈复没什么功名,才学也不算顶尖。在书中时时标榜好诗文喜风雅,性格上却是典型的江南市民:好热闹,喜交友,爱声色美景与其他一切悦目之物。他过的日子显得风雅,是因为当日的苏州,不少读过点儿书的市民,基本是这样的做派——换言之,苏州的平均风雅水平太高了。

沈复的许多叙述,未必如他自己想象得那么有趣,但在"如实道来"方面,细微曲折,都点到了。故此《浮生六记》这书,大可当作一幅乾隆、嘉庆年间苏州市井书生家庭的卷轴画来欣赏。其好处,就在于真实。

且说吃。

沈复和他妻子芸娘最初结缘,与粥有关。三更上,沈复肚子饿,想找吃的。老婢女给他枣脯吃,沈复嘴刁,嫌太甜了——这个细节挺有意思。

苏州、无锡、常州的普通百姓,尤其老人家,确实爱吃口甜的,但家境好的,口味就淡一些。

芸娘便暗中牵着沈复的袖子,让他跟着她到自己的房间:原来藏着暖粥和小菜呢。

江南这里，似乎习惯吃粥：早饭夜宵，惯例吃粥。上年纪的人觉得粥好消化。若来不及吃粥，也要吃稀饭——无锡则叫泡饭。

沈复后来就写了：芸娘每天用餐，必吃茶泡饭，还喜欢配芥卤腐乳，苏州惯称此物为"臭腐乳"，又喜欢吃虾卤瓜——现在我们吃的酱瓜，与此类似。

苏州人不只爱吃，还讲美食美器、美景美人。故整部《浮生六记》里，沈复和芸娘都在琢磨，怎样让吃的过程更加风雅。

夏天，沈复和芸娘租了别人菜园旁的房子，纸窗竹榻，取其幽静。竹榻设在篱笆下，酒已经温好，饭已煮熟，他们便就着月光对饮，喝到微醺再吃饭。沐浴完了，二人穿凉鞋、持芭蕉扇，或坐或卧，更鼓敲到三更了，回去睡下，通体清凉。九月菊花开了，他们对着菊花吃螃蟹。说起来，他们觉得这样的布衣菜饭，可乐终身——的确如此啊。

所以，才会有之后妙趣横生的看花之旅。

当日沈复和朋友们寻思着去看花饮酒，只是带着食盒去，对着花喝冷酒吃冷食，一点儿意思都没有。有人提议，不如就近找地方喝酒，或者看完花回来再喝酒，可一寻思，终究不如对着花喝温好的酒来得痛快。

于是，芸娘想出了法子：她见市井中有卖馄饨的，担锅炉灶，无不齐备。直接雇个馄饨挑子，好热酒菜。再带一个砂罐去，加柴火煎茶。次日，众人发现，这招真有用：暖酒烹肴，一群人席地而坐，放怀大嚼。旁边游人见了，无不啧啧称羡，赞其想法奇妙。

妙在最后，红日西坠时，沈复又想吃碗粥。卖馄饨的那位还真就去买了米，现煮了粥。

嚯，苏州人还是爱吃粥。

后来，沈复出门溜达，还是到处找东西吃。

清明节去春祭扫墓，请看坟的人掘了没出土的毛笋煮羹吃。沈复尝了觉得甘美，连吃两碗，还被先生训说，笋虽然味道鲜美，可是容易克心血，应当多吃些肉来化解——出门扫墓，还想着吃笋肉羹呢。

他在紫云洞纳凉，看石头缝隙里透着日光。有人进洞，设了短几矮凳，摆开家什，专门在此卖酒。于是他解开衣服，小酌饮酒，品尝鹿肉干，觉得甚是美妙，再配搭些鲜菱雪藕，喝到微酣，这才出洞——苏杭都讲究借景饮食，名不虚传。

他跟哥们儿去无隐庵，在竹坞之中，看见飞云阁。四面群山环抱，横列犹如城池，远望见一带水流浸着天边，风帆之影隐隐约约处，便是太湖了。倚窗俯视，只见风吹动竹子梢头，犹如麦浪翻滚。如此妙景，他忽然饿了，怎么办呢？庵中少年就想把焦饭煮了，作为茶点招待。沈复却吩咐，就让他改煮焦饭为煮粥吧。

又是粥！苏州人，还是爱吃粥啊！

大概苏州人的精致很节制，不华丽，不妖艳。清新雅致，纯出自然。如今去看，苏州保留得最好的几条街，绿荫葱茏，白墙黑檐，气象清新。20年前，我曾看到苏州街边的一句广告语，所谓"江南之春由两杯茶开始"。会心不远。

2015年夏天，我去某地做活动。有位老师很热情，等活动结束了，坚持要请我到某个大馆子，吃潮州海鲜（那座城市离潮州很远）。我推辞再三，对方总是说："别客气！别客气！"我心想：我真不是客气啊！到当地就吃当地的，何必吃海鲜呢……

隔几天到了苏州，一位在电台工作的苏州朋友，一句话不问，直接拉我去了一家馆子：

鳝糊、糯米糖藕、黄酒，临了又上了一大盆热乎乎的鲍肺汤。

我感动得热泪盈眶,真是感觉在物质和精神上都遇到了知己。

这就是渗透到苏州饮食之中的风雅、精致与人情了。

(摘自《读者》2022年第1期)

朋友的"贝塔值"

岑 嵘

假如你正在学习理财知识,一定会听到一个理念,那就是"不要把鸡蛋放在同一个篮子里"。如果用专业术语来表达,就是"分散投资",它不但能让你规避风险,还能在一定程度上帮你获得收益。这个投资理念由来已久,古老的《犹太法典》中就写道:"人的财富应永远分成三份,一份投入土地,一份投入贸易,第三份随时备用。"

现代金融发明了"贝塔值"这个概念来实践这个理念。和你的投资组合整体波动相关性较大的资产,叫作"高贝塔值资产"。打个比方,你的投资组合以股票为主,你又新买入了一些近期的热门股,那么股市上涨时你可能获得超额收益;而股市一旦回落,这些股票也是跌得最凶的。

与"高贝塔值资产"相对应的是"低贝塔值资产"和"负贝塔值资产","低贝塔值资产"是指,随着你的投资组合的波动,其波动幅度相对较小的资产，比如你投资了部分房产，尽管也会受到宏观经济和股市涨跌的影响，但相对波动就会较小；"负贝塔值资产"的波动则和你的投资组合走势相反，比如你买了黄金，当经济动荡股市暴跌的时候，或许黄金还会升值。

这个理念恐怕不仅仅适用于投资理财，我们的人生何尝不是如此。

我们身边的朋友、同事，还有商业伙伴，有很多人都具有"高贝塔值"。当你的人生基础盘稳固，事业节节向上时，这些人会聚拢在你的身边，他们愿意和你共享资源，帮你介绍新的生意伙伴，或者乐意把钱投给你。有了这些朋友和伙伴，你会消息灵通，人脉广泛，事半功倍。你蒸蒸日上的事业也离不开这些人。

然而正如"高贝塔值资产"固有的弱点，他们会随着你的基本盘波动而大幅波动。当你的事业出现问题，你的人生跌入低谷，这些"高贝塔值"的人会放大这些波动。或许，这时就没有人愿意再借钱给你，往日天天和你称兄道弟的人也会悄悄地消失，就像莎士比亚《雅典的泰门》中的富商泰门，一旦他身无分文，朋友就变成了路人。这些人如同杠杆一般，放大了你人生的顺境与困境，让你的人生看起来是大起大落的。

好在不是所有的人都是"高贝塔值"的，每个人的人生中还有一些"低贝塔值"的朋友，他们对你是不是成功或有没有钱并不太在意。你春风得意的时候他们不会刻意来讨好你，你跌入谷底的时候他们也不会嫌弃你。他们把你当朋友不是因为你居于高位或者富有，他们只是觉得你人还不错。

当然，最难得的是那些具有"负贝塔值"的人，这些是你最亲的人，比如你的父母。当你的事业顺风顺水的时候，他们不会向你索取什么，只是对你说要注意身体健康。一旦你遇到挫折，他们总是无条件地接受你，全心全意地帮助你。还有些朋友，当你风光无限的时候，你几乎看不到他们；而一旦你遭遇困境，他们却会出现在你身边——其实他们一直在默默关注着你。

以上三种人我们都会遇到，我们也不用责备那些"高贝塔值"的人，事实上，很多人际关系都是功利的。你顺风顺水时，他们就会在你的身边；你灰头土脸时，他们会离开你，但同样，他们对你的价值也相对较小。这并不代表他们毫无价值，只是他们看起来会"加剧"你人生的波动。

沃伦·巴菲特是位投资大师，他深谙投资之道，同样，他也知道人生的哲理和投资相通。他在一次访谈中提到一件事："二战"时期纳粹到处抓捕犹太人，有一位女士是波兰的犹太人，她和她的家人曾被关在奥斯威辛集中营饱受蹂躏，甚至有些亲人没能活着走出集中营。她这样对巴菲特说："沃伦，我一般不和别人交朋友，我要看这个人能不能把我藏起来，才决定是否和他交朋友。"

我们身边的人总是有聚有散，重要的是要看清每个人的"贝塔值"。当一个人在你遇到大麻烦，甚至需要他做出巨大牺牲的时候还肯帮助你，而不是转身离你而去，对我们来说，那个人就是最宝贵的。

（摘自《读者》2022 年第 11 期）

风过有旧痕

王太生

袁宏道谈论山水养生时有过这样的比喻:"湖水可以当药,青山可以健脾,逍遥林莽,欹枕岩壑,便不知省却多少参苓丸子。"

用山水作处方,为自己治病。这时候,山水就是一味药。于青山绿水、韶光美景中,解除人生的痛苦和烦恼,寻求个体的自由和快乐。

在江南的山水间旅行,那些老巷深处有好些古宅值得你去拜访。雨打青苔,噗噗作响,一场雨,又落一地花。我18岁时,第一次出门,去了苏州,踏访了沧浪亭。北宋庆历四年(1044年),文人苏舜钦来此建亭。亭立山岭敞亮轩昂,石柱飞檐典雅壮丽,山上古木茂盛繁密,左右石径皆出于竹丛、蕉荫之间,山旁曲廊随波,可凭可憩。拾级而上至亭中,可览全园景色。苏舜钦徜徉其间,看着眼前美景,他所受的那些大委屈,他肺腑中郁结的忧愤,全在吐故纳新中渐渐消解。

有些古宅一见如故，从此便不会相忘。扬州片石山房，石涛和尚"搜尽奇峰打草稿"，建了这一藏身地。清军攻破桂林时，9岁的他不得不逃到全州，目睹国破家亡，满目沧桑，心情悲愤，从此便装聋扮哑，不与人语。长期积忧积郁，遂患癫狂之疾。饱经磨难的他，给自己取别号道济、大涤子，又自称苦瓜和尚，但他并未真正遁入空门。唯一让这个无家可归的人感到欣慰的是，有了可清静绘画的寄居之地。青年时代的石涛游览名山大川，在敬亭山居住过一段时间，晚年定居扬州，直至终老。

山水明心，古宅养志，雨过留烟色。

古镇同里退思园，是清朝官员任兰生被罢官返回故里后所建。任兰生被革职时47岁，正是一个行政官员最成熟的时候。他回到老家，建了一座退思园，园名引自《左传》中的"林父之事君也，进思尽忠，退思补过"。古宅正是他疗伤养心的地方。

古宅如何疗伤？老建筑有楠木之气，那些沁人肺腑的香气，从门、窗、桌、椅中散发出来，清人神志；廊檐走道少了那些喧嚣与争名夺利，一盏茶，一卷书，可以消磨一下午的辰光，眉眼间都是闲散气；庭院有嘉木，花枝勃发，生阳气，坐在窗下，或凭栏，人与花树相望。

据说，此园任兰生只住了两年，用两年的时间疗伤已经足够。之后他复出，北上治水。

记得那年，我从江对岸，带着一身扬子江上的水雾，来到这有雨的江南小镇。在古宅，访主人不遇，茶盏微温，刚刚出门远去。

门扉处，风过有旧痕。

（摘自《读者》2022年第6期）

冰上教父

摩登中产

1

2019年，王濛回东北，随身带着75块金牌。过安检时，工作人员十分吃惊："你怎么得这么多金牌？"

她带着那些金牌飞抵哈尔滨，沿哈同高速向东行驶400多公里，到达风雪的尽头——小城七台河。

那是黑龙江省偏东之地，多条铁路的终点。小城中心修有一座冠军馆，王濛的金牌被安置在4楼，向上有观光厅，远眺可见在冰湖上飞快滑行的少年。

在冠军馆的2楼，立有一尊铜像——孟庆余，他是王濛的老师，冰上教父，也是这座城市的传奇。

18岁时，孟庆余从哈尔滨来到七台河，随众多知青一起下矿挖煤，矿名"胜利"，似乎有什么预示。

他每天在坡道上步行6000米，闲暇时就去野河滑冰。哈尔滨的琴声灯影遥远如梦，可他怀里揣着老师送给他的冰刀，"永远都别放弃滑冰"。

他在矿区拿了冠军，但时代给他的赛道有限，23岁时，他成为小城首批滑冰教练。

他走遍七台河的小学，挑出20多个孩子，一户户劝说家长："孩子将来能当世界冠军，即使当不上也能当体育老师。"

业余少年速滑队就此组建，训练地点是城郊水洼，冰面上北风呼啸，四野荒草丛生。

七台河冬夜漫长，少年们常起早摸黑训练。多年后，杨扬的教练董延海回忆，有一天少年们来到水洼边，忽然发现野地里立着木杆，木杆上挂着碘钨灯，灯下站着孟庆余，荒野上有一小团暖光。

过了这么多年，董延海还是想不明白：孟教练是怎么一个人把六七米高的杆子立起来的？

数年间，少年们辗转多个水洼，最后在市内的旧体育场落脚。体育场装有电灯，当地人称之为"灯光球场"。

灯光球场简陋空旷，孟庆余在看台下搭好房间，作为速滑队的队员宿舍。宿舍四下透风，墙上结满冰霜。入冬后，孟庆余每天半夜起床，裹上棉大衣，拉起铁爬犁，到远方取水。铁爬犁上有铁桶，能装半吨多水。往桶里装满水后，孟庆余一个人拉着铁爬犁，回到体育场，一圈圈浇冰。

浇冰需在寒夜最冷时进行，浇一次要两个小时。浇完后，孟庆余的衣服也结了冰，像冰甲，他一走路衣服便哗啦作响，脱衣服要先用木棍敲打,才脱得下来。

天亮后,少年们走上冰场,一圈圈滑到深夜,有时滑到全身冻僵,孟庆余就一个个将他们背回宿舍。

宿舍里,他一本正经地讲听来的口号——"冲出亚洲,走向世界",少年们笑他吹牛。对矿区的孩子而言,奥运会太遥远,哈尔滨就是世界的尽头。

夏天,没有场地,孟庆余带着他们进行模拟训练。少年们用长带把自己拦腰绑在树上,侧身蹬地,想象自己踏着冰雪。

后来,孟庆余组织队员进行自行车拉练。他们从七台河出发,一天骑上百公里,半个月骑遍大半个黑龙江省。

有一次,骑着骑着,少年们发现他不见了,回头去找,发现他摔在沟里,手肘鲜血横流,露出了骨头。

1985年,12岁的队员张杰远行参赛,一口气包揽全国速滑少年组的5枚金牌。

这5枚金牌改变了少年们的命运,孟庆余获准带队到哈尔滨训练一段时间。少年们走进面积8000平方米的滑冰馆,那里灯光明亮,空调恒温,他们感觉"像走进天堂一样"。

因为是业余队,少年们要等省队训练完才能上场。每晚,孟庆余都央求看门的大爷晚一小时熄灯,让少年们多滑一会儿。

在七台河时,训练之余,孟庆余会带少年们闯夜路、跳冰河,锤炼心志。他说,无论面对什么样的对手,腿都不能打哆嗦,运动员首先应该是英雄。

2

1985年，一位10岁的小女孩加入孟庆余的队伍，名叫杨扬。

杨扬身材瘦弱，被体校拒收，孟庆余却看中她的倔强和不轻言放弃的精神。

倔强的少年们奋力冲刺，浑然不知前路的命运。1987年，孟庆余向领导建议，希望七台河的这支队伍专攻短道速滑项目。表面理由是新项目，可以出奇兵，真正原因是七台河没有更长的冰道。1992年，短道速滑正式成为冬奥会项目。

时光就这样滑入20世纪90年代，风雪无穷无尽，煤灰落了又扬，滑冰的孩子也越来越少。孟庆余的徒弟——已当教练的赵小兵，提着礼物上门劝说家长，但多数家长不愿意让孩子练体育。

一切都在时光中腐朽。曾经的灯光球场塌了半边，寂寥如古罗马的斗兽场，跑道上荒草丛生，空地被改作废品收购站，后来又成为客运站的物流场。孟庆余带着仅剩的一些少年，远走哈尔滨训练，租住在一个地下车库内。他找木匠在车库内打了一层阁楼，女孩睡上层，教练和男孩睡下层。夏天潮热，不少孩子身上生了疮。

孟庆余身兼教练、采购、文化课老师以及炊事员，后来实在忙不过来，杨扬的母亲自告奋勇，来哈尔滨给孩子们做饭，一做就是3年。

最窘迫时，孟庆余向王濛的父亲借了3万元。多年后，王濛回忆："当时那是我家的全部家底啊。"

王濛1995年加入孟庆余的队伍。那年她10岁，留着一头短发，性格霸道，爱打架，在冰上的感觉极好，躲闪变向，敏捷过人。

孟庆余对她极为偏爱，但当面从无好脸色。每次王濛偷懒，都要被罚绕冰馆跑 100 圈。跑到 60 圈时，王濛耍赖不动，但孟庆余不退让，让她无论如何都要跑完 100 圈。

那些年，孟庆余独创体能渐进加量法，少年们每节课跑步里程要超过 20000 米。长大后，王濛说，因为小时候打下的基础好，所以能承受超负荷的训练。

每个寒冬的凌晨 4 点 20 分，孟庆余都雷打不动地叫所有人起床，少年们将其叫作"冰点"。跑圈时，他们对孟庆余爱恨交加，但能明白其苦心。矿区的孩子从小有野性、无畏，做梦都在翻越山丘。

1995 年，杨扬在世界锦标赛上夺冠，坐在电视机前的王濛满脸崇拜，孟庆余淡淡地说："她小时候还不如你呢。"

不久后举办的亚洲冬季运动会，孟庆余带着王濛等人看比赛，王濛顺利要到杨扬的签名，她第一次发觉自己离冠军的世界如此之近。

那些从七台河走出去的冠军，多年来养成了一个传统：他们回七台河时，会和孟庆余带的小师弟师妹们一起滑冰，然后故意落后一点儿，让少年们觉得冠军并非遥不可及。

2002 年，美国盐湖城，杨扬闪电般冲过终点，中国冬奥会首金诞生。外国记者冲上前，问她来自中国哪里，她说："七台河。"

2006 年，意大利都灵，王濛夺金，开启"濛时代"。2010 年，在温哥华冬奥会，她包揽短道速滑 500 米、1000 米、3000 米接力赛 3 项冠军。

王濛夺金那年，老友从哈尔滨到七台河看望孟庆余。岁月绵亘漫长又电光石火，孟庆余泪如雨下。

3

冰场之外，孟庆余没有业余爱好，闲暇时就磨冰刀，磨到把相关心得都写成论文发表，磨到全省高手有冰刀不合脚的都请他调。

1997年，七台河让他去上海参加会议，其实就是变相奖励他旅游。他开完会就回来了，用省下的差旅费买了20块磨刀的油石，分给少年们。

杨扬夺冠后，外省市有人出百万元年薪挖孟庆余，孟庆余都拒绝了，他和这座小城一样倔。

当地的家长调侃道："一代代傻子教练带着，一代代傻子跟着练，我们这帮家长也跟着变傻了，跟着走呗。"

有一年冬天，孟庆余看上徒弟赵小兵带的学生，想接手带，赵小兵不给："您都这么大岁数了，干吗跟我抢学生？"

孟庆余站在校门口，带着哭腔说："小兵，你不让我带学生，那我活着还有啥意思？"

2003年，孟庆余的学生中多了范可新。她家穷，哥哥辍学后，修鞋支持她滑冰。训练要换新冰刀，她买不起，孟庆余花2500元买了送给她，并告诉她，努力能改变命运。

2006年8月2日，孟庆余开着面包车，赶往哈尔滨参加训练课。出发前，他说范可新营养不良，想让退休的老伴儿也去哈尔滨，照顾她。

当天上午9时7分，孟庆余遭遇车祸身亡，在哈同公路上，留下一身旧运动服、一部有裂纹的诺基亚手机，以及一块秒表。

悲剧发生后，领导和媒体赶到孟家慰问。40平方米的小房内，没有一件像样的家具。孟庆余的老伴儿从卧室搬出几把折叠椅——还是当年他们结婚时买的。

出殡当日，小城举城同悲，数千名市民为他送行，那些长大的少年泣不成声。冰上的人们不愿忘记他，关于他的报告会，最后一路开到国家体育总局。弟子们一个个上台，讲述总因哭泣中断。

王濛上台讲完，满心悔恨，含着泪说："如果孟教练能听到的话，我想对他说声对不起。"她一直以为教练不喜欢她才对她严厉，孟庆余车祸遇难后，父亲才告诉她，那是他们商量好的激将法，她其实是孟庆余最中意的弟子。

两年后，一个摄制组来到七台河，以孟庆余为原型拍摄电影《破冰》。小城只有雪与灰，只有黑白两色，他们摇动镜头，逆转时光，一点点还原理想、孤独和纯粹。

导演说，孟庆余不是一位英雄，不是一位模范，他首先是一个人，"有些人一辈子只做一件事情，他就是这样的人"。

孟庆余走后，弟子们接过了教鞭，至今已传承至第4代，他最早带的学员张杰，从日本归来，在小城里组建了特奥速滑队。她说，在日本时，总能梦见孟庆余喊她："起床、列队、训练。"

2013年，七台河终于有了室内冰场。来自七台河的运动员，已获得173枚世界级比赛金牌、535枚全国大赛金牌，15次打破世界纪录。短道速滑的1730名注册运动员中，有1/5来自七台河。

那座冠军馆的第一层，没放金牌，放了上千双被少年们磨平刀刃的冰鞋。那是冠军的起点。

2022年2月5日，孟庆余的关门弟子范可新，和队友们一起，夺得中国代表团在北京冬奥会的首金。

夺冠后，她说："希望以后有更多的七台河小孩，能接过我的这一棒。"

夺冠夜，爆竹声响彻小城夜空，试图驱散寒意。

有人离去，有人躺下，也有人咬牙行进。

黑龙江宽阔的冰面上，冬季总有凿冰冬泳的人。冰面厚如山岩，水下冰寒刺骨，而给人信心和希望的，是咬牙一直游下去。

（摘自《读者》2022年第9期）

半称心

孙道荣

萧山南部有一个很独特的习俗，每年的农历六七月份，要过一个半年节。

时值年中，梅雨刚过，油菜小麦收割不久，旱田里的花生刚刚开花，水田的稻子已经抽穗，墙上的镰刀，还沉浸在麦香中，等待着又一个收割季的到来。这是一年中，春收和夏收两个收获季之间的短暂歇息。

农人们放下了铁锹和锄头，像过年一样，筹备着半年节。外出打工的人，也会赶回家乡，与家人一起过半年节。

我有幸受邀体验过一次半年节。邀请我们的，是当地的一位副刊作者。白天他是个农民，弯腰在田里种庄稼；到了晚上，他是个写作爱好者，伏案耕耘文字。他觉得种田满足了他的日常生活，看书写文章，则愉悦了他的身心。他的一半是尚可温饱的世俗生活，另一半则是充盈的精神世界，还有什么不称心、不满足的呢？

我们的话题，就从这个"半"字打开。一年过了一半，去年秋冬种下的庄稼，已经收割、归仓；春天播下的种子，已经开花、抽穗、灌浆，待以时日，就可以挥镰收割。唯有这年中的几日，有几天难得的闲日，可以放松自己，可以无愧地回望过去的上半年，也可以满怀期待地展望未来的下半年。

半这个字，很有趣味，什么事情，到了一半，就既没有了初始的忙乱、不安与焦躁，也还没有了临了的张皇、无奈和失落。半是最好的状态。

半是什么？半是已经开始，到了半途，因而半不是一个空想家、臆想家，只停在原地做梦，它是个实实在在的行者。半是满怀了希望的，还有一半的路，等着它去走；还有一半的风景，等着它去发现；还有丰硕的果实，在另一半等着它去浇灌和采撷。半也是虚怀若谷的，它不会因为事已过半，就骄傲自满，也不会因为事才过半，而放弃放纵。半是继续在路上，永远在路上，后面是它已经走过的路，前面是它即将踏上的路。

这真是一次难得的经历和交流，在年中之际，我们有幸在萧山南部的一个小山村，过了一个特殊的半年节，并深切体味到"半"的生命哲学和人生况味。朋友环顾大家说，我们大多已人到中年，为什么说中年是人生中最美好的年华？就是因为我们的人生刚刚过半，我们已经体验了童年的天真，少年的懵懂，青年的绚烂，已经或即将迎来人生的巅峰，以及无法逃避的迟暮之年。说到这儿，朋友忽然抛出一个问题："你的生活称心吗？"

我们的生活，我们的人生，当然有过称心，有过如意，但也一定经历过诸多的不称心、不顺意。喜忧参半，苦乐不均，这是人生的常态。

朋友说,杭州灵隐寺有一副楹联:"人生哪能多如意,万事只求半称心。""半称心"就是人生最好的状态,人心最好的归宿。

(摘自《读者》2022年第20期)

宋人碗里的春天

刘万祥

在寻常的烟火日子里，碗是我们再熟悉不过的东西，有各种花纹和款式，四季皆可用。对宋人而言，却不是这样的。他们的碗，仿佛只属于春天，有春风拂柳的淡淡色泽，有春水游鱼的灵动花纹，也有盛满春菜的简淡清欢。

宋人的春天，在碗里。

宋人崇尚青色与白色，落到一个个碗中，便是青瓷如玉，白瓷胜雪。这种美最动人的地方，或许就在于那种淡淡的素雅之色，如春日薄雾，如春水初生，如江南三月的拂堤春风。而且光是宋瓷的青色，就有天青、粉青、梅子青、影青……似乎就连春天的时间流动感都被拉长了。

特别是宋人最有代表性的汝窑，釉色天青，又名雨过天青。第一次看到故宫博物院的那只汝窑天青釉碗时，忽然懂得，宋徽宗梦里的天空，分明就是江南三月的杭州：雨后初霁，一抹天青随风缓缓游动，带着淡淡的绿、淡淡的白、淡淡的粉。若不是传说中那样以玛瑙入釉，或许不会有这般"似玉非玉而胜玉"的质感和色泽。

陆羽的《茶经》里讲过，青瓷类银类雪，白瓷类玉类冰，是最适合喝茶的"冰瓷雪碗"。虽然我们如今常说，宋人点茶喜欢用黑色的建盏，但是，爱喝茶的宋人，平时仍会沿继唐代，使用这样的冰瓷雪碗。

把春天的团茶碾成茶末后，投入青瓷茶碗中，一边注水，一边用茶筅用力转圈击打，直到将茶汤打出犹如雪浪般的泡沫。端起那个天青色的茶碗，仿佛能看见春江浮沫、疏星淡月。这是宋人的碗，是宋人心中永不消逝的春天，也是宋人所崇尚的生命之色：纯洁、素净，质本洁来还洁去。

没有哪个朝代像宋朝一样，用单色釉把春天演绎到极致。但端庄内敛的宋人也有调皮的时候，既然不喜欢绚丽庸俗的美，那就在花纹上做文章。对于北宋时期的越窑碗，有人曾感慨：一碗春水。

那份诗意确实让人心中一颤，碗身盈盈流动的线条，有深有浅，仿佛淡淡的江南烟波。或许看到这件青釉水波纹碗，我们才能感受到，流淌在宋人心中的春水到底是什么样。

许是"翠眉曾照波痕浅"的南浦惜别，或是"暖雨晴风初破冻"的春心摇曳，也可能在"水是眼波横，山是眉峰聚"的眉眼盈盈处……

当宋人拎起一只梅瓶，将春酿汩汩倒入碗中，酒水的冲力在碗里回旋荡漾，连碗底的游鱼也差点儿跃出水面来。春碗盛春酒，或许只有这样，才能表达这件器皿所洋溢出的那种盛大却又内敛的喜悦。相对于青瓷来说，白瓷的釉更轻薄，正便于刻花。宋人便在这件定窑白釉碗的盘心刻上游鱼和折枝花的模样。

古人说:"致广大而尽精微。"宋人的碗里,包含着春江游鱼的细微生活,也藏下了宇宙的生生不息。

(摘自《读者》2022年第17期)

别被"精彩"废掉

曹 林

学者刘擎在一篇文章里,谈到"忍受枯燥"这种能力,特别有道理。他说:人如果在娱乐文化的背景下成长,他们忍耐没有笑点、没有兴奋、没有生动言谈方式的时间会非常短。他们的阅读能力也会下降,手机上短平快的东西破坏了深度阅读能力的养成。我们的大学模式是建立在20世纪中叶的文化环境里的,假设你能专心致志地读书,能够忍受看似枯燥实则有深度的内容,肯定会很有收获。但现在整个文化环境改变了,人们对"枯燥"的忍受力普遍非常低。

确实,生活在消费主义和娱乐化环境中的一代人,被"精彩"惯坏了。人们热爱爆梗、段子、金句、笑点、包袱带来的感官刺激,习惯被消耗自己时间的娱乐文化喂养,学习感官已经钝化,进入不了越过枯燥门槛去深度学习的境界。学习越来越依赖如社会学家伯格曼所说的各种装置范式，这些阅读装置以友好而人性化的方式帮你消除各种"枯燥"，将费力的文字转化成轻松的视听语言，植入笑点。人人面前有一台可供随时切换的电脑，这些让你从枯燥中解放的学习装置，实际上已经改变了学习的性质，让学习成为一种信息消费的景观。这种"学习景观"生产着让人躁动和焦虑的欲望，而不是用厚重的知识思想去驯服欲望，并让人安静下来。

能真正滋养一个人的事，往往都带着某种枯燥，需要学习者忍受，投入深度注意力去穿透抽象。写作的开始，是枯燥的。阅读一本经典，是枯燥的。深刻的课堂，是枯燥的。创新、创造的过程，往往也是枯燥的。枯燥是一道门槛，是为不学无术者、浮躁者、消遣者设置的障碍。越过这道门槛，沉浸其中，才能慢慢获得愉悦。精彩不是一个"被动获得"的结论，不是通过别人的喂养，一下子就引起你的兴趣，而是在孤独静观、克服枯燥后先涩后畅，在读懂读通，习得新知，打消困惑后所获得的知识愉悦感。

写作是一件需要忍受枯燥的事。常有学生跟我说，之所以不写，是因为没有灵感，等有灵感的时候再动笔。我说，哪能这么被动地等灵感？你得现在就思考和动笔。开始肯定是枯燥的，我的经验是，如果克服了前30分钟的枯燥，逼着自己动笔，想着想着，就会进入状态并找到灵感。一气呵成的感觉，很少是一开始就有的，而是在克服开始那30分钟的枯燥过程中酝酿出来的。

阅读是一件需要忍受枯燥的事。你要有耐心让自己慢下来。再深奥难读的书，克服了前30页的阅读痛苦，慢慢就读进去了。前30页往往是作者设的障碍和门槛，一个优秀的作者也在寻找优秀的读者，绝不希望自己的作品被一个不学无术的人糟蹋。很多人的问题在于，容易被书的标题吸引，却连30分钟的阅读耐心都没有。那些让人很舒服、不断点头的轻松阅读，往往是重复你既有认知的无效阅读，要想获得认知增量，需要艰难的"入境"，需要烧脑的坚硬阅读。

上一门好课时常也是需要忍受枯燥的。常听学生说，某某课是好课，老师善于讲段子；某某课太枯燥，全是抽象的概念和艰涩的推理。我说，判断一门课的好坏，绝不能用"能不能在10分钟内吸引我"的消费者自负去判断，那是对好课的侮辱。首先要清楚，自己是不是需要这门课去完善知识体系，提升自己的思想。学生与老师不是"我花钱让你教我知识"的消费关系（流行的知识付费异化了教育关系），身心投入学习过程才会有收获。其次要有忍受枯燥的心理准备，投入和参与进去。

知识的传授本身就带着枯燥，逻辑推理，方法训练，批判性思考，都需要自己琢磨、分析、深思、质疑、否定才能内化，主动探索而不是被动接受投喂。

枯燥是一道门槛，有人越不过门槛，睡着了，或者被电脑上的综艺和手机上的段子吸引走了，谋杀了时间。优秀的人忍耐了前30分钟的枯燥，沉浸到写作、阅读和课堂之中，日积月累，就有了学渣与学霸、人手与人才的分别。所谓优秀，绝不是耍机巧的小聪明，而是有强大的枯燥忍耐力，是聪明人下笨功夫，越过了枯燥并攀登到知识高处的结果。

什么是拖延症？我在课堂上跟同学们分享过克制拖延症的方法：忍受10分钟的枯燥，就战胜了拖延。做迎合自己欲望的事，从来不会拖延。容易被拖延的事，开头往往有一定的枯燥性，立刻着手去做，10分钟迈过去，接受了这个事情，进入做事的"心理场"，从中享受到成就感，受到"行动正反馈"激励，就停都停不下来了。

好习惯的养成，也是克服枯燥的过程。运动时学英语，坐地铁时读书而不是刷短视频，睡前读几页书而不是刷短视频，会议间隙写几段文字而不是刷短视频。有了想法立刻记下来而不是"等会儿记下来"，多个动作，动笔去记，而不是相信记性或指尖。刚开始总有点枯燥，积累一个月，回过头去看，有了受益感，进入身体本能，就成习惯了，会让你终身受益。

专业训练的过程，哪一个不是克服枯燥的过程？史学家桑兵说，长时间不断重复的、枯燥乏味的基础性练习，是从培养兴趣逐渐变成内行的必由之路。弹钢琴，学历史，读哲学，读文献写论文，写一手好字，成为专家，每一项令人景仰的成就，每一个受到业内外肯定的专业人士的背后，都经历过常人无法忍受的枯燥。你看到的有趣好玩，那是别人专业积累之后游刃有余的从容驾驭。创新，不是脑袋一拍灵机一动，新点子就来了，那是枯燥的重复实验、头脑风暴、文献输入、失败沮丧、爬起来继续干等不断累积的产物。专业学习和训练，本身就包含着克服外行人无法忍受的枯燥，读普通人永远不会读的东西，做一般人受不了的重复训练，从而拥有不可替代的专业资本，超越"人手"，成为"人才"乃至"人物"。

很多时候，人们对"有趣"的追求中隐含着不愿投入忍耐枯燥的沉浸过程，想一下就抵达"感官的愉悦"，这是肤浅之源。所以我觉得，应该珍惜那些考验你枯燥忍耐力的挑战，警惕迎合和喂养，积累从容驾驭各种挑战的资本。如今很多所谓的"学习"，已经脱离了对真知的求索而成为保健式按摩。营造知识得到幻觉的商业娱乐，不是让你克服枯燥去获得新知，而是迎合着你"厌恶枯燥"的惰性，把需要硬啃的知识，再生产为表面有趣却失去原有营养的"知识点""金句""成功学鸡汤"。实际上这不是滋养，而是娱乐工业对你的消耗。

我常跟学生讲，学习就是学习，娱乐就是娱乐，想娱乐，那就好好玩，投入地玩。学习就是学习，不要机巧地伪装，美其名曰"娱乐式学习"。读书，尽可能去读严肃的文字，读经典原著，在孤独的沉浸和默读中收获新知，并通过"输出"去固化它，在克服枯燥中获得一手的、上等的知识，而不是等着别人把你当宝宝，喂那种添加各种甜味剂的"知识营养品"来哄着你、惯着你。

（摘自《读者》2022年第2期）

回不去的故乡

肖 于

很多个明晃晃的夏天,我姥叫我:"飞啊,帮姥干点活儿吧。"我在园子里捉蝴蝶,或是抓蜻蜓,也可能在看草叶子上的瓢虫,听到这话马上答应一句,就去帮我姥干活儿了。这活儿,我爱干,抢着干。我姥知道,她最疼我。

酱缸上放着尖角的铁皮"帽子",把它摘下来,下面是我姥洗得雪白的纱布罩儿,用橡皮筋箍在缸上。我把铁"帽子"放在水泥地上,纱布罩儿放在铁"帽子"上,然后开始捣酱。酱缸里放了个木头的酱杵子——木头柄加一个小长方块木板。

酱缸里的酱很安静,一动不动。一打开,就有一种咸鲜的酱味扑出来。酱杵子捣酱要上下翻,把下面的酱翻到上面来,上面的酱接触了空气,是新鲜的黄色,下面的酱是暗棕色的。捣酱,就是把下层的酱捣上来。我两只手握在木柄上，把酱缸翻个乱七八糟。翻腾一会儿，我就厌了，跑去玩了。捣酱的意义是什么，我并不知道。

有时候，雨来得很快。这种时候，我也会很机灵地赶快去盖酱缸。酱缸被雨淋了，酱就不能吃了。

酱有多重要？东北人的餐桌根本离不了。吃饭时，姥会叫我，"飞啊，去帮姥剥两根葱"，我一边答应，一边跑到园子里的菜地上剥两根葱，在推开绿色的纱门进屋之前，在门口的水缸里舀出水，洗了手也冲洗了葱。水缸里的水被太阳晒得温乎乎的，真舒服。

我姥每次都骂我死心眼儿："让你剥两根，你就剥两根，不够吃啊。"

然后我再出去，从土里拔了小葱回来。

小葱、香菜、生菜、小辣椒、黄瓜，都是从菜园子里摘来的，鲜嫩嫩、水灵灵、脆生生。姥把菜洗得干干净净，码在盘里，一家人都上桌，当然要吃蘸酱菜。

从酱缸里盛出的酱也能吃，可是不够有味道。我姥家饭桌上的酱都炸过，有时是蘑菇酱，有时是鸡蛋辣椒酱、肉末酱，这三种酱，百吃不厌。

蘑菇酱就是蘑菇和肉末炒了放酱炸。蘑菇要选小蘑菇，大拇指指甲大小的。很多蘑菇是我姥带我去松树林里采的。姥带我做伴儿，我很爱去，但我有时候走不动了，姥也哄着我，总在蘑菇筐里带一点儿点心，一块绿豆糕，一块槽子糕，一块炉果，点心是姨孝敬姥的。

有几次，没到松树林，我就走不动了，姥叫住赶马车的农村大爷，让他捎我们一段。不管认识不认识，看见老太太带个小女孩，车老板都会豪爽地让我们上车。我想，我一定在车上睡着过。

风不冷，阳光也不晒，天蓝，云低，马车走得晃晃悠悠的，那么好的日子。小时候我觉得日子好长，未来好远，一切都望不到边。却没想过，日子过得飞快，一转眼就是三十年后的今天了。也是到现在我才发现，那些时刻过于珍贵，珍贵得我不敢去想。姥说我眼睛尖，总能看到蘑菇。我一听，干得更起劲了，松树林子里，厚厚的松针盖着，树根底下常常有蘑菇。我采够了蘑菇，就坐在松树下面吃点心，姥一个人手脚麻利地清理蘑菇，战利品够多了，我们就回家。

我再也吃不到那么好吃的蘑菇酱了，我姥去世十三年了。她在，故乡就是我最想回去的地方；她在，不管多远，我每年都要穿越大半个中国回去看她，只为看她。

最后的四年里，她瘫在床上，瘦得像个孩子，就连坐在轮椅上去外面转转都不行了。家里雇了一个勤快细心的阿姨伺候她，姥的八个孩子分了组，每天轮流来陪她。她爱吃肉，每天都要抽支烟。从我记事起，她就一直抽烟，以前用烟叶子卷烟，我经常帮她卷，后来抽最便宜的葡萄牌香烟，一直到她八十六岁离开人世。

最后一次回家看她，姥脑袋糊涂了，却记得我。她说："姥老了，不能动了，但是你生个孩子，姥就在床上给你搂着，不让他掉到地上去。"她的白内障越来越严重，看不清楚，我在一边哗哗地流着眼泪，她也不知道。

如果她知道，她会说："飞啊，别哭，人总会老，会死的啊。"姥不愿意看到我受委屈，不愿意看到我难过，不管什么时候。

姥住的那间小屋，除了一张床，就只能放下两个凳子。对着床的那面墙上的隔板是蓝色的。我小时候，在这间屋里住过很多年。那时，我姥做酱，酱块子用报纸包裹着，放在墙上的隔板上。酱块子的咸鲜味道裹也裹不住，这小屋好像一直都浸在这发酵的豆香气里，气味散不掉，也去不掉。

那次对话过去不到两个月，她就走了，没等到我生个孩子给她看看。姥咽气的时候，我爸妈都在她身边。我没有参加姥的葬礼，我在两千多公里外的地方打电话回去，哭得稀里哗啦。表哥说："飞啊，我们不能那么自私，看着那么明白事理、手脚麻利、爱干净的老人，过着大小便不能自理、让人照顾的日子。"

我对自己说，不能再想她了，早该放她走，让她过自由的日子吧。

姥走了，我不送她，她好像还在。姥不是躺在床上的那个枯瘦、大小便不能自理的老太太。姥是那个坐在院子里、水泥路面上、小方凳上的老人；是穿着干净的白底带浅色格子的衬衫，外面套一件灰蓝色布马甲，头发纹丝不乱的老人；是戴着眼镜，看《老年报》的老人。

姥走的那年冬天，在东北生活了五十多年的父母，也彻底离开老家，定居他乡，开始了新的生活。姥没了，我们好像失去了留在老家的理由。

（摘自《读者》2022 年第 10 期）

悲喜剧的四段乐章

许倬云

《水浒传》《三国演义》《封神演义》《西游记》这四部通俗小说，可以作为中国人心灵世界的映照。这四部书的联系，也未尝没有时间轴上的连续和变化。施耐庵的《水浒传》，创作于元明之际，经历了文化变迁；继之而来的是明代专制，现实的世界是暴力构成的统治。施耐庵要创造一个理想的秩序，让那些被压在下层的人物可以翻身，改变已有的秩序。但事与愿违，梁山的世界并不那么美好，同样存在欺骗、计谋和暴力。于是，创造这个理想世界的努力，不能不终结为梁山大梦的破灭——只有鲁智深逃到世外，李俊逃到海外，燕青云游不知所终。

《三国演义》则是借着汉末天翻地覆、国家分裂的时代背景，勾画出两种极端的形象：正统人物和篡位者。正统的人物，特别标出关羽的义勇和诸葛亮的智慧；而他们的对照面，则是董卓、曹操这些人物——以奸诈对照义勇，以欺骗对照智慧。《三国演义》留下的关公和诸葛亮，竟因为这部小说成为不朽的神人。贯穿整部《三国演义》的精神，是"义"——自己选择的人际关系，而不是因为既有的社会地位和伦理。不过，读《三国演义》有时也难免产生疑问：刘、关、张的交情，何以如此缺少默契，以致关公威震中原的大举动，没有取得刘、张的配合？诸葛亮于大事上那般清楚，何以没有培养班底，以致事无巨细一肩担起，终于鞠躬尽瘁，死而后已？

第三部书《封神演义》，却是勾勒神、魔两个世界。神、魔两股力量却是同源，神、魔之间的对抗，都借着死亡得到解脱，将互斗时期的种种恩怨，化解为宇宙秩序中各种事物的排列，以及其中的互相关联。神界的官僚系统，或可象征宇宙万物应当是个整体；因此，神与魔，最后终于恩怨尽了，共同纳入一个彼此依赖的网络。

第四部书《西游记》，接着封神榜故事的观念，却将宇宙秩序内转为心的世界。"心"作为人精神的主体，必须经历种种关口，在试验之中不断自我克服，进而提升境界，能够超越感官与意识之间的烦恼，经过悟解"色""空"无别，到达"不生不灭，不垢不净，不增不减……心无挂碍，无挂碍故，无有恐怖，远离颠倒梦想，究竟涅槃"。西行路上八十一难，都是自己内心的业障。历经这八十一难，也就是终于排除自我引起的烦恼：这一个"心路历程"，大概也代表了中国儒、释、道三家逐渐融合，取得共识的过程。

这四部小说串成系列，似乎可以想象为人类理想境界悲喜剧的四段乐章：《水浒传》是由"聚义"结合为一个理想人间，其间的尝试和破灭令人唏嘘；《三国演义》是挑选"义"这个字，塑造了几个典型人物，他们功业未成，却留下理想人格千古彪炳；《封神演义》是善与恶、成与败的种种对立和斗争，通过辩证过程的对抗、超越和解脱，最终达到共存的和谐；最后，《西游记》竟将人间的许多艰难困苦，内化为人类内心的挣扎，由认识欲望到克服欲望、提升自我，终于悟解一切俱空而得到自由。因此，这些小说的串联，谱成了既悲又喜的心路历程。

这些作者都不是大儒、高僧，也不是当时知名的大人物。由于作品内容丰富，情节热闹，人物鲜明，数百年来无数读者都被吸引。他们传达的一些观念，也就不知不觉潜入读者的内心。于是，闾里乡村街谈巷议的场合，姜太公、诸葛亮、关公、武松、龙王三太子、孙悟空……俨然成为百姓心目中的英雄。玉皇、东岳、观音以及封神榜的众神，构成主宰我们生活的神庭。市井江湖，也以义气为人际交往的要件，以良心为做人处世的根本。这些作品未必来自民间，却已融入民间，构成中国民间文化的重要部分。

（摘自《读者》2022年第4期）

记录与记忆

岑 嵘

每到年末，一些购物网站会给用户推送所谓的"年度记忆"，告诉大家这一年花了多少钱、买了些什么东西、看了多少场电影、最常搜索的商品是什么……同样，如果我们经常使用一些健身运动软件，它们也会告诉我们这一年中我们每天的运动量、运动路线，甚至每天的心跳和血压……

磁盘仿佛正在替代人类的记忆，我们把每天看到的东西拍下来存在手机里或者上传到"云端"。我们每天的聊天记录、购物记录、网站访问记录、行驶记录等数据都被储存起来，这些磁盘上的磁粉有如魔镜般详尽地勾画出我们的每一天。

科学家把这些数据称为"记录生命日志"，即我们把一生中所有的信息进行记录和归档。这包括所有的文字、视觉信息和音频，以及一个人身体的"传感器"上所获得的全部生命数据。

有一些科技达人更是走在了前面：微软研究院的戈登·贝尔在2000年的时候就已经开始记录他工作和生活的方方面面。贝尔的这个实验项目叫"我的生活片段"，他用特殊的设备把见到的人和景都拍下来，同时还记录下自己的每一次交谈、每一次上网痕迹……

也许这样，我们再也不用为某年去动物园是否看到了犀牛而辩论，不用为在哪里见到过眼前这个人而困惑，也不用为十年前那次拌嘴是谁先挑起的而争执。通过数据检索，我们便可以轻松获得这些问题的准确答案。

那么，我们的人生会因为每个细节都被记载而变得更丰富且更有意义吗？答案是否定的。

从前，如果你聆听某一位喜爱的作家演讲，一定会全神贯注，因为你要是没有听清，它就消失了。而今天，你会拿出录音设备记录保存，你不再那么认真，因为觉得没有什么会错过，如果你愿意，可以一遍又一遍地听这些演讲。

从前，我们每到一座新城市或者一个新景点，都会仔细打量这陌生的一切，深深呼吸这里的空气，用心感受此时此刻、此情此景。而现在，我们迫不及待地拿出手机或相机一通拍摄，然后分享到微信朋友圈或存在"云端"。你会觉得，眼前的美景就永远不会消失了。

但如果把我们的记忆想成和磁盘上的数据是同一类事物，那么就大错特错了。

虽然，我们的记忆容量远远不及磁盘，无法记住圆周率小数点后的一百万位，但我们的记忆另有神奇之处。

大脑将我们的记忆编码，这同时也在塑造我们的身份，因此，记忆在很大程度上定义了我们。它并不是像一台摄像机那样绝对客观地记录我们的经历，而是专门记录我们自身在这些经历中的角色，它偏向于我们着重关心的那些方面。

  对于任何一个时刻，它都在事件之外记录了我们当时的感受、情绪，以及那个时刻对于我们的意义。以这些为基础，大脑为我们写出了每个人的历史。而磁盘虽然能够记录一场比赛的每个细节，却无法记录你当时的兴奋或失望，也不会记录球员的拼搏精神带给你的人生激励。

  对于事件的大或小，大脑自有定义，哪怕是微小的闪光、特别的气味，只要觉得有意义，它都会记录下来。作家普鲁斯特能记住一块玛德琳蛋糕的味道，只是因为其中包含特殊的幸福感觉。

  因此，记忆的作用并不在于记住多少，也不在于记得多准确，它的作用是沙里淘金，创造我们的自我形象。它只会挑选那些对我们人生有意义的事情留在脑海里，比如我们会对成功的事情记忆深刻。大脑之所以这么做，就是让我们减轻失败的痛苦，鼓励我们一次又一次尝试。但重要的失败我们也会一直记得，这是在提醒我们少走弯路。它还偏爱珍藏我们的幸福时刻，告诉我们人生该珍惜什么……这些，再强大的磁盘也无法做到。

（摘自《读者》2022年第23期）

让儿童站在舞台中央

朱永新

1

重视儿童,是一个社会、一个国家文明进步的标志。儿童是国家的未来,是世界的未来。

社会中的所有规则都是成年人制定的,儿童在多数情况下没有发言权、表决权、决策权。

意大利儿童教育家蒙台梭利说:"所有人都关注儿童的未来,但是恰恰没有人关心儿童的现在。""成年人的幸福是与他在儿童时期所过的生活紧密相连的。"童年生活会影响一个人的一生。

儿童身上保有的最珍贵的品质——好奇好问,纯洁天真,无忧无虑,活泼好动，不惧权威，也是人类最宝贵的品质。成年人是否能够勇于探索，真诚待人，乐观开朗，乐于行动，勇敢坚毅，与他们在儿童时期这些品质是不是得到呵护有很大关系。

有这样一个真实的教育片段。有一天，幼儿园的老师问小朋友们："花儿为什么会开？"

第一个小朋友说："她睡醒了，她想看看太阳。"

第二个小朋友说："她一伸懒腰，就把花骨朵顶开了！"

第三个小朋友说："她想和小朋友们比一比，看谁穿得最漂亮。"

突然，有一个小朋友问老师："老师，你觉得呢？"

老师想了想说："花朵特别懂事，她知道小朋友们都喜欢她，就仰起她的小脸笑了！"听到这儿，全班同学都笑了。只有老师知道，她原来的答案是："花开了，是因为春天来了。"

孩子们极富想象力、创造力且带有感情色彩的句子，与老师原先准备的那个一成不变的答案，形成了鲜明的对比！

课堂教学，就是要保护这种差异性，让孩子多方面、多角度、多起点、多层次、多原则、多结果地思考问题；培养孩子敏锐的洞察力，让孩子将事物之间的相似性、特殊性联系起来。

一言以蔽之，就是要激发学生的创新意识。而所有的一切，都需要我们有这样一个观念：让儿童站在舞台的中央。

2

我们所有人，包括儿童，都需要思考：在生命面前，个人、集体，乃至于全社会的"所为"与"应为"到底是什么？今天的儿童会成为未来的医生、老师、公务员、企业员工……不同的人会如何对待人生，如何理解责任，这些都涉及生命教育。

教育应该以生命教育为原点，重归生命教育的本体——向内审视生命的本质，让生命回归自身价值；向外建构教育的场域，筑造生命的精神家园。教育的本质就是帮助一个人从自然人变成社会人，拓展生命的长度、宽度和高度，帮助每个人成为更好的自己。

首先，延长每个人的生命长度，体现在个体生命的安全与健康两个方面，是生命发展的基石，而爱护生命永远是第一要义。因此，我们要教导孩子安全知识与技能，让他们了解社会安全、游戏安全、运动安全、交通安全、野外安全等常识，防止和应对校园暴力、疾病传染及其他意外；重视身体健康、心理健康和两性健康，让孩子了解关于营养、运动、治疗等基本知识与技能，掌握情绪管理、环境适应、压力纾解等方法；要懂得敬畏自然、敬畏生命，学会紧急避险和自我保护。

其次，教育还要立足生命个体的社会属性，教导孩子学会理解、宽容、尊重别人，使之成为一个受欢迎的人。这是生命的宽度。这就要引导孩子认识到个体生命的共在性以及他人存在对于自己生命的意义和价值；学会与人和谐相处，彼此尊重，善于沟通，同情弱小，积极面对人际冲突，树立宽容意识；尊重人与人之间的差异，发展健康的人际关系；拥有个性化的积极力量，包括乐观、胜任感、自尊感、人际支持等。

最后，生命教育还要关注人的精神生命，这是生命的高度。我们的教育要立足生命的精神属性，引导孩子不断进行生命的自我体验和省思，欣赏和热爱自己与他人的生命，珍惜生命的存在，期盼生命的美好，体悟生命的意义，并且能够把对生命的关怀和热爱惠及万物，具有人文关怀、民胞物与的胸怀以及宽广的人类情怀。

每个人都是自己的主人,是自己命运的创造者和塑造者。生命因超越而幸福完整。人只有实现生命的价值,活出生命的精彩,才能感受到幸福;只有发挥生命的潜能,张扬生命的个性,才能谈得上完整。

让生命回归教育的主场,让儿童站在舞台的中央,在我看来,这才是"生命教育与儿童成长"的迫切之需。

(摘自《读者》2022年第16期)

塞云入瓮
王太生

《绍兴府志》中记载了一则雅事：余姚人杨某，"为人甚有逸兴。尝游四明山过云岩，见云气弥漫，讶之，爱其奇色"，遂携三四口大瓮，在云深处，用手把云往瓮里塞，塞满后用纸密封，带到山下。

四明山中，杖锡寺稍东，有一条西岭，岭旁有溪水流过，石桥横跨其上。桥畔有数仞巨石，石壁上镌刻"过云岩"三字。

唐代有一个名叫谢遗尘的隐士，亲历并目及山中云雾弥漫，二十里不散。家住云之两侧的山里人家，把互相走动、来往，叫作"过云"。

除了"塞云入瓮"，这个世界还有一些相似而美好的事物：盛香入瓶、腊雪贮缸、瓦罐注天水、瓶集花露、湖心舀水……让人倾心。

我没有质地精美的瓶子，也没有光滑圆润的花器，想在一年四季，寻常缓慢的日子，不经意间盛几瓶花香，把它们装在玻璃瓶子里收藏。

先盛一瓶春夏时的蔷薇花香。蔷薇的花与叶，爬在一面石墙上。抑或说，一面蔷薇，织成一道花墙。蔷薇花色艳丽，香味浓郁，有野气，摘一朵，放在鼻下嗅，花香气清，让人喜欢。一缕蔷薇花入瓶，贮存一个季节的气息。

再盛一瓶中秋时的桂花香。那些细细密密的金色小花，一簇一簇，缀在桂花树上，刚开始是适宜放在口袋中的。柔软的布口袋，装细碎的桂花，口袋里都是醉人的香气。存放久了，脱去水分，变成干花，那份香味，经久不散。要久存，可将桂花盛入瓶中，保留一份秋天的香气和记忆。

腊雪贮缸。把干净、晶莹的六瓣雪花，贮存于缸里，其实就是腌雪，古人"一层雪，一层盐，盖好。入夏，取水一杓煮鲜肉，不用生水及盐酱，肉味如暴腌，肉色红可爱，数日不败。此水用制他馔，及合酱，俱大妙"。

瓦罐注天水。在江南，雨下得很大，把瓦洗得很干净。檐口的水，像断了线的珠子，流泻到一口小瓦罐里。存集天水，以备烹煮，过着用瓦壶天水烹煮菊花茶的布衣生活。

四明山中的云彩，被塞进瓮中，带下山去。主人与客饮酒时，把瓮搬上，"席间刺针眼，其口则一缕如白线透出，直上。须臾绕梁栋，已而蒸腾坐间，郁勃扑人面，无不引满大呼"。

古籍中早有记载，战国时就有可收集云朵的"锁云囊"。佩戴此囊，攀登到高山上，在云多的地方，打开囊口将云吸入囊中，回到家里，打开囊口，云朵就会自囊中飘出，浮于房间，依然白如棉絮。

将云朵收拢在随身携带的竹器里，携笼归家，开笼放云，云气竟还保持着变化的形态。

世间一些美好的东西，带走的与带不走的，原本不经意，都在那儿。带走的是心情，带不走的是原先的一切，稀有和珍贵，成为回味与永恒。

（摘自《读者》2022年第15期）

听见月亮爬上来

华明玥

1

在跟傅林相处的过程中,庄晓心里一直有个坎。

傅林是土生土长的北京人,父母都是北京高校的教授,他从小见多识广。庄晓是贵州一个乡镇里的孩子,还有个弟弟。庄晓靠坚忍不拔地用功读书才走出大山。虽然高考发挥出色,但为了减少上学的花费,她放弃了省外更好的大学,选择在贵州读书。直到考上研究生,她才来到北京,看到外面的精彩世界。傅林与庄晓是在读研究生时认识的,那时他是学校研究生会主席。

一开始,庄晓不明白自己身上有什么特别之处,会吸引条件优越的傅林，让他对自己那么好。

在老家，庄晓的父亲靠编竹手艺养活家人，母亲则支了一个小吃摊，专门卖一种叫作"丝娃娃"的贵州美食。看到父母生活不易，庄晓一直很节俭。到北京读研究生时，她基本素面朝天，每天背着同样一个双肩包，从不点外卖。她本来就相貌平常，加上不做发型不打扮，越发像个一心向学的小镇女青年。

在研究生会的一次聚餐上，傅林与庄晓熟悉起来。"小龙虾的卤汁我想打包回去，拿这卤汁当浇头，还能再做一顿手擀面吃。"说完，庄晓有点羞惭地观察同学们的反应。谁知所有人反应如常，热菜基本都光盘了，大家拿来公筷，把桌上可以打包的凉菜都装了递给她。傅林的反应更令人吃惊，他说："你会做手擀面？我可不可以去尝尝？"

庄晓答应了，神情也略微放松下来。傍晚，两个人在宿管阿姨处相见。阿姨看上去与庄晓关系不错，爽快地借出炉子与擀面杖。庄晓开始加水揉面，半小时内做了三碗手擀面。她下好面条，将小龙虾的卤汁加热到沸腾，浇在面条上。那味道连宿管阿姨也赞不绝口。三个人同吃晚饭，宿管阿姨还捞了一碟自己腌的泡菜给他们佐餐，语重心长地对傅林说："我们小庄这样的姑娘很少见，朴实、纯真，有亲和力。小伙子，你要是还没有女朋友，得抓紧啊。"

2

傅林开始找各种借口接近庄晓，甚至将暑期支教活动安排在了贵州。在傅林看来，贵州山区确实需要志愿者帮助留守儿童补习功课，而他则可以和庄晓一起回到她的老家完成社会实践，一举两得。

在贵州，傅林吃上了庄晓母亲亲手做的"丝娃娃"，他也吃惊地看到，偏远山区的母亲热泪盈眶地表达对远行女儿的思念，长久地拥抱了她。而后，这位母亲端出了二十个小白瓷碟，里面都是烫熟的蔬菜，旁边是上百张薄若素纸、充满气孔的小饼子，还有用米酒与红辣子油熬制的独家蘸水。

庄晓言笑晏晏地给支教的同学做示范——五颜六色的蔬菜各夹一点卷入饼中，将饼的一头折起，握于手心，另一头向上敞开，舀入几粒黄豆，淋入一丁点蘸水，然后整个塞进嘴里。

庄晓的母亲在一旁忙着准备晚上出摊的材料，庄晓见她腾不出手，便将卷好的"丝娃娃"往母亲口中送。蘸水流了出来，庄晓很自然地扯出纸巾，替妈妈擦了下嘴角。就在那一刻，傅林被这亲密无间的母女情打动了。他意识到，庄晓身上吸引自己的就是她的真诚贴心与毫不做作的朴实。

3

新学期回到北京，傅林常约庄晓去爬山、看剧、逛老胡同。庄晓却总是躲，见实在躲不过，她就带着傅林去大栅栏旁边的胡同里，指着老四合院迎街门楼上两个圆圆的小凸起问傅林："这是啥呀？"

庄晓的心思傅林早有察觉，他胸有成竹地回应："这是门当，代表这户人家的地位，地位相当的人家才会婚配。"

"要说不喜欢你，是假的。可是，我们俩的生长环境太不一样了。你从小参加夏令营在国外游学，我的'夏令营'则是在打养兔子的草，煮家里的猪食；你上中学时，运动会在鸟巢开，我的运动会在泥巴操场上开；你爸妈用普通话表达不了的东西，可以无缝切换成英文，我爸妈用普通话表达不了的东西，舌头一卷就是贵州方言。你还觉得我们有未来吗？"庄晓向傅林坦承了想法。

傅林淡淡地说："我可以学贵州方言。我英语都学到了专业八级，学方言一定没问题。再说，你老家如今也做外国人的生意，卖蜡染的老太太都会几句英文，你妈妈要是卖'丝娃娃'想学英文，我教她。"

傅林的话让庄晓不知如何拒绝。他接着讲述这一往情深的缘起。"看了你发表在校报上的文章，感觉你有纯真活泼的孩子气。你好像有一个水碗倒映的精神空间，里面有幽默、窃喜，有信手拈来的快乐。"接着，傅林一字不差地背出了庄晓写的文章：

"割稻子的时候，一只田鼠兴冲冲地蹿出来。大概是镰刀的轻响太爽快，它误以为是走亲戚的来了，忙不迭地出来欢迎。

"只傻了那么几秒钟，它拔腿就跑，可惜心太慌，错了方向。稻子收割了，秸秆都已经放平了，它小小的身子陡然醒目高大，田野里的鹰会看见它，黄鼠狼会看见它。

"它什么都顾不上了，只顾在光光的稻梗上狂奔，好不凄惶。它的恐惧一定比田野还大。那一刻，我真想替它把秸秆重新安上，还它一个安全的家。

"这时的田野是快活的，虽不动声色，肚里却憋着笑。这田鼠上演的小小喜剧，连走来走去的风也停了脚过来瞧……"

庄晓不由自主地笑了，这是农忙假她割稻子时在田野上看到的真实场景。她见到仓皇逃窜的田鼠时，忽然被怜悯之心所征服，全然忘记田鼠偷吃粮食的可恶。她没有想到，那个瞬间竟然也触动了傅林，那只带有童话色彩的田鼠让他感受到久违的童真。在大城市长大的孩子，从小就没有这种在田野上赤足狂奔的肆意，傅林完全被这种成长的自由感吸引了。他意识到，这就是他的理想，与一个对生命中每个愉悦瞬间心领神会的人在一起，不被俗世压力与烦恼所席卷。

4

后来，傅林在求婚时解答了庄晓的那个问题：为什么想尝试这种看似门不当、户不对的婚姻？"如果每个人都是精致的利己主义者，都想在门当户对的人群中找寻携手一生的伴侣，那么他们的未来反而可能是死气沉沉的。因为，只讲物质与地位，不讲求精神空间的匹配，你很可能找到话不投机半句多的人。而如果我们把思路拓宽一点，意识到'门不当、户也可能对'——在家境与成长背景截然不同的人当中，也许隐藏着精神世界有共鸣的人，而这样的人，往往更值得携手一生。这样，我们可能不仅找到了真爱，还找到了可以秉烛漫谈的挚友。"

傅林的求婚礼物竟然是一只"小田鼠"，这是他特意拜师学艺，花了很多工夫才折好的纸田鼠。那只纸田鼠的圆耳朵耸立着，像是在聆听原野上传来的声响，它听见月亮爬上来。

（摘自《读者》2022 年第 10 期）

才根于器

游宇明

"才根于器"是曾国藩说的一句话,源于咸丰七年(1857年)十月初四日给其九弟的家书。原文是:"顷胡润芝中丞来书,赞弟有曰'才大器大'四字。余甚爱之。才根于器,良为知言。"

"才",这个字好理解,就是我们平时说的才华、能耐、本事;"器"的含义稍微复杂一些,它应该是指人的精神气质,包括我们通常说的操守、修养、性情等等。在曾国藩看来,一个人的"器"可以促成"才"的生长,更可以促进"才"的持续积累。

"器"的第一个层面是站位。一个人站的位置高,看得远,想得深,耐得烦,他的格局才会宏大,才不会为一时的利益、瞬间的虚荣所迷惑。曾国藩一生以孔孟等大儒为榜样,立志做圣人,甚至连多看了两眼美女都要在日记里将自己骂得狗血喷头。换句话说,在眼前的无上荣华与身后的忠臣名望之间,他选择了后者。

人的品质必须清澈,这是"器"的第二个层面。品质好既是一种内心的纯度,也是一种取信于他人的透明度。曾国藩做官,抵得住物质诱惑。手握几千万两银子的军费,却分文不取,明明可以依陋规据为己有。对下属送来的礼品、礼金,他也一概谢绝。由于其为政清廉,身为两江总督、武英殿大学士、一等毅勇侯,身后留下的银子却很少。他待人讲究敬恕。不仅对倭仁、陈岱云、邵蕙西等朋友始终保持尊敬,就是对不怎么成器的人,也力求保全其脸面。妹夫王率五一无所长,却瞒着家人来京,希望借曾国藩的名声找事做,结果没有如愿。曾国藩在家书中写道:"望大人不加责,并戒家中及近处无相讥讪为幸。"曾国藩在江西领军作战时,因为抽取厘金,与当地官员闹得不可开交。父亲去世,他趁丁忧之机,打了报告不等批准就回了湖南。朋友有的理解他,有的不理解,左宗棠等人还写信相讥。曾国藩也生过气,最后还是原谅了老朋友。

"器"铺底的东西是良知。人有良知,就有了做人的底线,也就有了处事的敬畏心。良知是道德的及格线,再上一个台阶,便是我们通常说的忠诚、善良、崇高之类了。一个人有了良知,其站位和操守才有起码的保证。曾国藩一生总是觉得愧对江西,其一,他在江西设卡抽厘,取得多,由于无民事之权,泽民之事做得少;其二,不能接见官员;其三,当地绅士不少人主动出钱出物,曾国藩却无以为报。为此,曾国藩写信给接手的曾国荃,希望他弥补自己的过失,那封信是咸丰七年十二月二十一日写的,相隔一百六十多年的时光,其闪耀的良知至今让我们动容。

"才根于器","器"与"才"相配,我们的"才"方可不用偏,也方能"取之不尽,用之不竭"。这是曾国藩留给后人的一种启示。

(摘自《读者》2022年第14期)

夏日醉满荷

韩希明

宋代的夏日，没有空调，没有电扇，即便是达官贵人，也不能时时带着冰、天天嚼着雪，也不能总是躲在屋子里不出去。哪里可以避暑气？王迈《七月望后二日西湖会饮酒酣分韵赋诗得荷字》中说："波平烟霁晚风和，船到湖心水没篙。凉绝不知三伏暑，醉酣齐唱八仙歌。"荷塘，原是一个清凉世界。而且，到荷塘里，不仅仅可以享受水面上刮来的凉风荷香，作为"吃货"，还有着实实在在的口腹满足。

荷叶可以做酒器。欧阳修的《渔家傲》描述了这样的场景：眼前是密密层层的荷花，正凝神赏花，忽然听到荷花深处传来船桨碰在船舷上的响声，原来是女孩子结伴在荷花下穿行。采下荷叶当作酒盏，放开船桨，就让小船儿随波自在漂荡。酒在酒盏里摇摇晃晃，倒映着荷花粉红的花影；荷花的清香和酒香混合，令人陶醉。酒，被荷花映红；脸，却渐渐地真让酒染红了。醉了，就斜靠着船舷，在荷叶下睡一会儿，猛地醒来，小船已经搁浅在沙滩上。炎热的夏天，这份清凉，荷塘之中，小船之上，真的是快活似神仙了。

"酒盏旋将荷叶当"，是因为忘了带酒杯，临时起意，用荷叶替代喝酒的碗盏？林洪《山家清供》"碧筒酒"一条说，炎热的天气里，和客人一道在荷花荡里划着小船游玩。大船上备饭，先把酒倒进荷叶里，扎紧，再把鱼鲊包在另一个叶子里。等游玩的人回到大船上，风薰日炽，酒香鱼熟，就着鱼鲊喝酒，满嘴都是清爽的荷香，真是上佳的享受。

用来盛酒的荷叶，被称为"碧筒杯""荷杯"，也有称为"荷盏"的；因为茎管弯曲，样子很像大象鼻子，又有"象鼻杯"的叫法。从荷叶茎干吮吸，流进嘴里的酒带有荷叶微微的清苦，的确是消暑佳品。荷塘边，小舟中，这样的聚饮令人难以忘怀。让我们艳羡不已的是，宋人们饮罢碧筒酒，再吃荷包饭。普通的米饭，用荷叶包裹之后，饱蘸了荷叶的清香，也足以安慰清贫的诗人。尘世的鱼腥，经过叶子的包裹，顿时就有了清雅的风味。

陈傅良的《和张端士初夏》诗中有"满塘荷荫将还旧，试火包香又斩新"的句子，面对满塘的荷叶，诗人开始憧憬令人垂涎欲滴的美食了。包香是什么？就是用荷叶包着食材烹饪。《山家清供》中细致地描述过更为奢侈的"莲房鱼包"：刚摘下来的莲蓬，平着剖开，留着底托；把里面的瓤剜去，挖瓤的时候要注意留着孔。活鳜鱼切块，鱼肉去刺，用酒、酱、香料拌匀腌渍片刻，填充塞满莲蓬的孔洞，用牙签将底托合上，放在锅里隔水蒸熟，就可以吃了。有人更考究，把蒸熟的莲蓬里外涂上蜂蜜后装盘，吃的时候蘸"渔父三鲜"。所谓的"渔父三鲜"，是用莲、菊、菱调制的汤汁。林洪说，他吃过这道菜，还写过一首诗，诗云："锦瓣金蓑织几重，问鱼何事得相容。涌身既入莲房去，好度华池独化龙。"

据说主人见诗大喜，还送了林洪一些礼物。林洪充分领略了这道美食的独到滋味，这首诗更是赋予了这道菜丰富的文化内涵。

置身于荷塘，就屏退了火一般的暑气。荷花美，荷花清雅，而称其为"藕花"，是因为在大暑天，赏荷吃藕，能"与君消酷暑"，能让人感到"胸中秋气入"。如果还能与冰雪同食"嚼之清泠醒醉魂"，那真是盛夏季节最令人神往的享受。即便没有冰，生脆的藕片也自带清凉，藕片入口爽脆，清凉宜人。在热得身体内外都觉得要炸裂的时候，冰爽入喉，顿觉轻松。这样的美食，给溽暑之中的平民百姓带来了一丝清凉，一点安慰。

消暑的藕，一般都是生吃。《山家清供》还记载了藕的另外几种吃法。一种是将藕切成丁，"砂器内擦稍圆，用梅水同胭脂染色，调绿豆粉拌之，入鸡汁煮，宛如石榴子状"，做成甜品，名叫"石榴粉"。一种是将藕切成小块，将新采的莲子去皮和莲心，煮米饭锅刚开始沸腾时，将藕和莲子放进去同煮，这种饭叫"玉井饭"，味道"甚香美"。

（摘自《读者》2022 年第 14 期）

欢迎来到成人世界

陈海贤

我接待过一个处在青春期的来访者。最开始我见到他的时候，他穿着一条有很多破洞的牛仔裤，留着长发，像个摇滚歌手。他跟我讲了很多他对这个社会的愤怒。比如，他觉得周围的大人都很虚伪、势利，只知道让他好好学习，却从不关心他是什么样的人。我问他将来想做什么，他犹豫了一下，说想去学艺术。

后来，我们的联系就中断了。我第二次见到他是在三年以后，他已经在国外的一所艺术院校读书了。他问我有什么减压的方法。

我很奇怪，问他这几年的经历。原来，他爸看他不上进，就送他去学画画，觉得这是一个考学的捷径。在学画画的过程中，他遇到了一位美术老师。他很佩服这位老师，老师对他也很好，坚信他很有才华，并鼓励他好好学英语，去考美国的一所艺术院校。老师跟他说："你现在觉得孤独，是因为身边没有像你一样有想法的年轻人,等你去那所学校就好了。"老师还说:"艺术家都会有很多想法,关键是要学习自我表达的方式。"

学了一年多美术后,他真的去了一所艺术院校学设计,遇到了很多和自己相似的年轻人。这些特立独行的年轻人让他找到了归属感。同时,他开始认真地学习专业知识,参与竞争。他来找我咨询,就是因为学业压力很大,他经常做功课到深夜两三点。

我问他:"你不是觉得这个社会不公平吗?不是觉得学习和工作没什么意义吗?那干吗这么努力?"

他好像忘了当年的事儿,说:"是啊,社会是很不公平,可是我只管做好自己的事情就好了。"

这句简单的话代表他的思维有了重大的进步。他以前幻想的那些类似"社会不公""成人世界很虚伪"的"敌人"轰然坍塌了。从今以后,就算还有敌人,也是类似"功课繁重"这类真实的敌人。

"社会是很不公平,可是我只管做好自己的事情就好了"这句话表明,他已经意识到两个重要的道理。首先,他的人生需要他自己负责。就算他再埋怨社会不公平,再反抗社会,都改变不了这个事实。其次,就算他对主流社会的价值观不满,也不需要说出来,只要做好自己的事就行了。这时候,他发展出一种难得的能力——能够容纳矛盾,并在这种矛盾中培养出对自己的忠诚。这种忠诚是很坚实的,不需要通过顺从或反抗来确认,只需要容纳这种矛盾就可以了。

我认为,一个人获得身份认同的标志,就是对自己负责以及学会容纳矛盾。

获得了稳定的身份认同以后,他就不会过度地关注自我,过度在乎别人的评价,而是逐渐克服青春期以自我为中心的心理,开始参与真实的成人社会。

　　在咨询结束的时候，我跟他握了握手，说："欢迎来到成人世界！"

（摘自《读者》2022 年第 19 期）

小说往往是悖论

王安忆

我初始的阅读,大都是童话和民间传说。德国的《格林童话》中有一则故事,说的是一个力大无穷的傻子。有一天,他跑到邻国去,看见城门上贴着告示,说城堡有怪物作祟,很多勇士信心满满地进去,不是落败而逃,就是被怪物吃掉,没有一个人能成功征服怪物。国王非常不安,于是发出告示,许诺谁能征服怪物,夺回城堡,他就把公主嫁给谁。这种模式的故事有很多,包括意大利歌剧《图兰朵》和中国戏曲《西厢记》,只是结尾各不相同,《西厢记》是老太太毁约了。这个童话故事则很朴素,傻子斩杀怪物,天下太平,国王立刻兑现承诺,把公主嫁给他。公主对他并没什么不满,也不觉得他傻,只纠结一件事,就是他不懂得害怕,任何事情都不能使他怕得发抖。公主有一个很聪明的宫女,就像莺莺小姐身边的红娘,想了一个办法。她在严冬寒冷的早上,凿开河上的冰，捞了一桶鱼，提到卧室，把傻子的被子掀起来，一股脑儿地浇在他身上，傻子不禁浑身战栗，大叫道："哎呀！我知道什么是发抖了！"从此他们过上了幸福的生活。

德国童话作家格林兄弟小时候，只觉得故事有趣，后来想起来，这有趣里藏着许多隐喻：为什么公主把懂不懂得害怕作为衡量一个人智商的标准，害怕和智慧有关系吗？过度解读一下，又似乎有关系。中国人不是讲求敬畏天地吗？再者，如果这傻子是有智慧的，懂得害怕，那么他就不可能征服怪物，娶到公主。这么一来，故事不是没有了吗？所以，他必须是一个傻子。这是一个悖论，小说往往都是悖论。

童话是很有意思的。意大利作家卡尔维诺收集编撰过一部《意大利童话》，其中一个故事说的是野兔和狐狸。有一天，狐狸在树林看见兔子快乐地跳来跳去。狐狸问兔子为什么那么高兴，兔子说，因为他娶了一个老婆。狐狸恭喜兔子，兔子说不要恭喜他，因为他的老婆很凶悍。狐狸说，那你真可怜。兔子说，不，也不要同情他，因为他的老婆很有钱，带给他一栋很大的房子。狐狸再道恭喜，兔子又说不要恭喜他，因为房子已经被一把火烧掉了。狐狸说可惜可惜，兔子说也别觉得可惜，因为他那凶巴巴的老婆也被一起烧死了。

我们写小说常常是这个样子。从起点开头，经过漫长的旅程走到终点，却发现回到了原点，但是因为有了一个过程，这个原点就不是那个原点。所以我们很像神话里那个推石头上山的西绪福斯，把石头推上去，又眼看着石头滚下来，再推上去，滚下来……永远在重复同一个动作。但这一次和下一次不同，就是那句哲言："人不能两次踏进同一条河流。"

（摘自《读者》2022 年第 4 期）

袖子改写的历史

李任飞

袖子是服装最为灵动的部件。历史上出过很多与之有关的大事件。

有一个著名的历史事件叫荆轲刺秦王。史籍中说荆轲来到秦王面前，展开地图，图穷匕见。荆轲一把揪住秦始皇的袖子，拿起匕首直刺过去。但是，毫厘之失，没有刺到。于是"秦王惊，自引而起，绝袖"。

秦始皇大惊之下，快速站起来。但袖子被人抓住，想站起来谈何容易。"绝袖"，就是把袖子拉断了——可见情急之下，人的求生本能多么强大！于是秦始皇得以逃脱。

假如秦始皇未能"绝袖"，历史将会走向何处？所以，这是一只改写历史的袖子。

袖子的裁剪方式古今不同。古代一般采用连肩袖，也就是肩和袖之间没有接缝。按照秦律，当时布匹的幅宽为 2.5 尺（约为 58 厘米），也就是从人体中线向外到55厘米左右的肘部处有一道接缝，从这里再接一幅布。两幅布加起来就超过了手指尖，这也是古代袖子偏长的原因之一。

因此，在秦始皇衣袖的中间会有一道接缝。生死关头，两个人的力量又大又猛，把袖子从接缝处拉断是必然的。只是荆轲做梦也没想到，这一道接缝会成为他完成刺秦壮举的巨大障碍。

秦始皇的袖子影响了历史进程，还有一个人的袖子改变了自己封地的大小。

汉朝时，皇帝会给皇子们分封土地，并赐以王位。

汉景帝时，皇子刘发被封为定王，属地在长沙，地盘很小。

刘发的母亲唐姬原本是一名侍女，偶得汉景帝宠幸生下了刘发。母亲出身卑贱，刘发自然也不受重视。

长沙郡当时是个很贫穷的地方，气候潮湿，生产方式落后，而且人口不多，所以刘发很不开心。

有一次汉景帝过生日，各地封王都来拜寿。时值文景之治，国运昌盛，庆典也非常隆重。都城里张灯结彩，热闹非凡。

刘发看到都城的繁华热闹，心中却是另一番滋味。

在寿宴上，各地封王和群臣皆以歌舞祝寿。但刘发是怎么做的呢？他只是张开袖子举举手，动作很小气，不似别人那般投入、热烈。汉朝的袖子较长，长袖本该善舞，所以刘发的异样表现引来身边人的嘲笑，就连汉景帝也发现了。于是他问刘发："你是怎么回事啊？"

刘发说："臣国小地狭，不足回旋。"

汉景帝一听就明白了，他是抱怨封地狭小。一想也是，同是皇子自当一碗水端平，厚此薄彼反而会惹出事端。于是，汉景帝又给刘发加封了三郡的土地。

后来,"长沙不足舞"这一典故就被用来形容因地方狭小、处境局促而束手束脚。

(摘自《读者》2022年第24期)

遛 鸟

汪曾祺

遛鸟的人是北京人里头起得最早的一拨。每天一清早，当公共汽车和电车首班车出动时，北京的许多园林以及郊外的一些地方空旷、林木繁茂的去处，就已经有很多人在遛鸟了。他们手里提着鸟笼，笼外罩着罩，慢慢地散步，随时轻轻地把鸟笼前后摇晃着，这就是"遛鸟"。他们有的是步行来的，更多的是骑自行车来的。他们带来的鸟有的是两笼，多的可至八笼。如果带七八笼，就非骑车来不可了。车把上、后座，前后左右都是鸟笼，都安排得十分妥当。看到他们平稳地驶过通向密林的小路，是很有趣的——骑在车上的主人自然是十分潇洒自得，神清气爽。

养鸟本是清朝八旗子弟和太监们的爱好，"提笼架鸟"在过去是形容游手好闲、不事生产的人的一种贬义词。后来，这种爱好才传到辛苦忙碌的人中间，使他们能得到一些休息和安慰。我们常常可以在一个修鞋的、卖豆腐的、钉马掌的摊前的小树上看见一笼鸟，这是他的伙伴。

北京人养的鸟的种类很多。大概区别起来，可以分为大鸟和小鸟两类。大鸟主要是画眉和百灵，小鸟主要是红子和黄鸟。

鸟为什么要"遛"？不遛不叫。鸟必须习惯于笼养，习惯于喧闹扰攘的环境。等到它习惯于与人相处时，它就会尽情鸣叫。这样的一段驯化，术语叫作"压"。一只生鸟，至少得"压"一年。

让鸟学叫，最直接的办法是听别的鸟叫，因此，养鸟的人经常聚在一起，把他们的鸟笼揭开罩，挂在相距不远的树上，鸟此起彼歇地赛着叫，这叫作"会鸟儿"。养鸟人不但彼此很熟悉，而且对他们朋友的鸟的叫声也很熟悉。鸟应该向哪只鸟学叫，这得由鸟主人来决定。一只画眉或百灵，能叫出几种"玩艺"，除了自己的叫声，能学山喜鹊、大喜鹊、伏天、苇乍子、麻雀打架、公鸡打架、猫叫、狗叫。

曾见一个养画眉的用一台录音机追逐一只布谷鸟，企图把它的叫声录下，好让他的画眉学。他追逐了五个早晨（北京布谷鸟是很少的），到底成功了。

鸟叫的音色是各色各样的，有的宽亮，有的窄高。有的鸟聪明，一学就会；有的笨，一辈子只能老实巴交地叫那么几声。有的鸟害羞，不肯轻易叫；有的鸟好胜，能不歇气地叫一个多小时！

养鸟主要是听叫，但也重礼貌。大鸟主要要大，但也要大得匀称。画眉讲究"眉子"（眼外的白圈）清楚。百灵要大头，短喙。养鸟人对于鸟自有一套非常精细的美学标准，而这种标准是他们共同承认的。

养鸟是很辛苦的，除了遛，预备鸟食也很费事。鸟除了要吃拌了鸡蛋黄的棒子面或小米面，还吃牛肉——把牛肉焙干，碾成细末。经常还要吃"活食"——蚱蜢、蟋蟀、玉米虫。

养鸟人所重视的,除了鸟本身,便是鸟笼。鸟笼分圆笼、方笼两种,有的雕镂精细,近于"鬼工",贵得令人咋舌——有人不养鸟,专以搜集名贵鸟笼为乐。鸟笼里大有高低贵贱之分的是鸟食罐。一副雍正青花的鸟食罐,已成稀世珍宝。

除了笼养听叫的鸟,北京人还有一种养在"架"上的鸟。所谓架,是一截树杈。养这类鸟的乐趣是训练它"打弹",养鸟人把一个弹丸扔在空中,鸟会飞上去接住。有的一次飞起能接连接住两个。架养的鸟一般体大嘴硬,例如锡嘴雀和交嘴雀。所以,北京过去有"提笼架鸟"之说。

(摘自《读者》2015年第1期)

温柔走进良夜

耿 立

那是三十年前的秋天，我去鲁西平原深处看望诗友，到他所在的县城时，已是黄昏。我在旅馆租了一辆自行车，因为离他居住的村子，还剩三十多里路。

我刚出县城，夜幕就降临了，那是我第一次走这种还没有铺上柏油的乡间公路。中秋节早过了，天气变得凉爽清冽，村庄像小岛屿一样，散落在平原的暮色里。那夜色发青，而天空是深蓝色，我沿着乡路，跨过桥梁，穿过树林。在秋夜的乡下，鼻翼翕动闻到的，是成熟但又有一点儿腐朽的玉米秸秆和割下来的豆叶烂掉的味道，还有刚播下麦子的土地的泥土味。田野里还有很多尚未收获的棉花、玉米和地瓜，那些植物，带给人的是盼望和等待……

夜越来越黑，四周无人，我有点儿胆怯，想着有个动物跑过来也好，即使远处有声咳嗽，对我也是亲切的安慰。

从乡路下来，还要走五里长的小路，窄窄的，路两旁种的是玉米、棉花，还有地瓜，这些作物把路挤得更窄，一些地瓜的藤蔓爬到路上。路两边有一些灌木，还有凸起的小丘，那是一个个坟头。远处，是一片树林，阴森森的，好像断路的响马。我疑惑地停住车子，仿佛进入冷库，难道是我走错了道？这时，庄稼地里的湿气，从庄稼和灌木的顶部匍匐而来。

蓦然，我觉得眼前亮了，天地一白，月亮升起来了，照在这庄稼地里的小路上，如雪，如盐粒。那光，泛着银白色和钢蓝色。这时，我听到远处有人喊我的名字，那一片黑黢黢的东西不是树林，而是友人居住的大索庄的影子。月光下的大索庄被一条绳子似的小路牵着，时高时低，房子的轮廓、树的轮廓、烟囱的轮廓都在变化。

那个披着月色的人就是友人，他手里还握着一支手电筒。

手电筒的光和月光交叉投下，在我心里并不多余。朋友，还有他的孩子等着我。朋友说："这样的良夜，真让人觉得温柔啊，要是睡觉，就白费了。"

我当时就记住了这句话，以后也用这句话来验证人生。有些东西，若非机缘巧合，都会与人擦肩而过，所谓春风不入驴耳，消失在不可见的虚空里。其实景致抑或人事，还是在那里，安静地度过，安静地等待。多少良夜啊，我遇见了，又错过了：在从威尼斯去维罗纳的"夜行的驿车"上，在俄罗斯的雪夜里，在鲁西小城等待迎接千禧年之时。

我一直在思索，良夜为何能唤起人内在的温柔？也许平素，人展现的是另一种姿态，暴躁、跋扈、粗野，当那种被我们遗忘已久的美突然降临的时候，我们惊呆了，于是屏住呼吸，变得柔软，甚至害羞，然后温柔地流泪。

（摘自《读者》2022 年第 13 期）

馄饨不混沌

陈　峰

吆喝声掀翻了村庄的寂寞。

那是在吆喝什么？是兑糖客人的吆喝吗？不像。是卖泥螺、蟹酱的吆喝吗？也不像。这口音奇奇怪怪，超出了小孩子的想象，叽里呱啦，肯定是从很远很远的地方来的。

大人在一旁说："在吆喝着卖馄饨呢，那是温州人，说的是'瘟话'。"大人瞪一眼小孩，警告："别靠近担子，吃了这馄饨，读书要混沌了。"

远远地望见摊主坐在小凳子上，将抽屉抽出推进，忙碌着。孩子们望着，不甘心，吸一口空气解解馋，一股香气钻进鼻腔，好闻极了。这香味从何而来，谁都知道，是这摊子带来的。

不管了，不管了，去看看，到底是什么让人混沌了。河对岸阿红的娘刚生下弟弟，要吃馄饨。阿红在馄饨摊边等待时，得意地东张西望。我迈着小步子围过去，想看个究竟。摊贩落手快得跟变戏法似的，还没等我看清楚，粉色团团已盛在碗中，清且醇香的汤，泛着油花，撒上碧绿的葱花，映着鲜红的肉馅，阿红提着篮子，急急地回家去了。

粉团团里面还有肉，原来这就叫馄饨，清清爽爽的馄饨哪里混沌了。吃不到葡萄就说葡萄酸，大人的脑瓜子里尽是些唬人的东西。

等我上了小学三年级，村里才有了馄饨铺。上学路过时，我会站在店铺前看一会儿，只见师傅用单支筷子拨一点儿肉馅，往薄如蝉翼的馄饨皮上一抹，左手顺势一捏，往木格子一扔，馄饨便柔顺地躺在那里，一只接一只，一排挨一排……我呆呆地看着，心想，这师傅如果学武功，肯定是个武林高手。馄饨就是暗器，裹上铁弹，往人身上一掷，嘿嘿，谁也想不到。

彼时大家的早餐一般是在家吃的泡饭，三分钱一张的大饼，都是偶尔才吃，更别说馄饨，要一角三分钱一碗呢。但也有例外，比如生病时可以吃。所以我暗中期盼生病，故意把衣服脱了，故意在冬天喝点凉水。

终于，感冒虚张声势地来了，只一点点的头昏脑胀。没关系，我吞下一口热茶，装成浑身无力的样子，要求父亲带我去医务室量体温。父亲终于开口："去吃碗馄饨开开胃吧。"

等的就是这句话啊。

母亲在一旁反对："吃什么馄饨啊，一点点热度，睡一觉就好了。"我缠着父亲，要他说话算话："不是常常说君子说话，四匹马也追不回吗？"

走到馄饨铺子，我迫不及待地跟师傅说，要一碗馄饨，声音响亮得丝毫看不出生病的样子。师傅应声"好嘞"，开始包馄饨。这次我看得真切了，左手馄饨皮，右手竹签，挑一点点肉糜，贴在馄饨皮上，几根手指一拢即合，扔一旁，如此反复。馄饨之间撒了面粉，互不搭界，相安无事。下锅，水沸，看到馄饨鲜红的馅心一面朝上浮起，便熟了。一碗汤波荡漾的小馄饨端上来，香喷喷的，用调羹轻轻搅动，片片羽衣裹着一团团红色的馅，上下浮沉，星星葱花如柳眼初舒。我舀起一个吹啊吹，轻轻嘬一口，馄饨滑进嘴里，满口的汁水，柔软滑嫩，透骨鲜香。顿时，鼻塞没了，呼吸顺畅。感冒早好了，只恨还没吃够，已见碗底，汤也没影了。

后来，父亲带我去县城的馄饨店，我见识了剁肉馅的奇妙。师傅双手各执一把刀上下翻飞，将肉剁成肉末，再用一根圆筒状的棒槌敲打。师傅说，肉打得越久便越烂熟越膨胀，打到最后，蓬起的肉茸会起丝，用竹签一挑，馅儿便粘在馄饨皮上了。偶尔，父亲赏我一碗馄饨，我就想着要细细吃、慢慢品，但又总是囫囵吞枣，想着有朝一日赚了钱，一次吃它个两三碗。

直到现在，我才明白，馄饨皮薄馅小，吃的是情趣，并不是为吃饱。用小调羹舀一舀，吹一口汤，仿佛一面湖水，翠绿的葱丝在碗中荡荡漾漾，这是生活的情调。以前哪有闲心追求情调，在求饱的年代，普通人家对馄饨望而却步。

如今，故乡的馄饨尚在，我却再也吃不到过去那种精致玲珑、有情有调有烟火味的小馄饨了。眼下的馄饨，皮厚馅多，皮是机器加工的，肉馅是绞肉机绞的，包出来的馄饨，个头硕大无比，荒腔走板成饺子。

即便如此，馄饨依然深受食客喜欢。

深夜，街头转角处，昏黄的灯光下，雾气袅绕，一边是馄饨摊，一边是大饼摊，馄饨配大饼。寒风中，人们搓着手，缩着脖子，等一张饼，等一碗馄饨，吃完，心里暖暖的，然后打着饱嗝儿，回家。

（摘自《读者》2022 年第 7 期）

一封旧信的折痕

朱成玉

一封信里可以读出山河，读出琴音，读出酒酿，所以，在一些怀旧的电影里，你总会看到这样的镜头：一个女子在窗前，把一封信贴在胸口，闭紧双目，头微微后仰，酒窝里泛着陶醉的光芒。此刻，女子遍览山河，心头琴瑟和鸣，如饮琼浆，被一封信征服。

写信、等信、收信，是一个美好的循环，在这个循环里，慢慢抻出爱情的轨迹。有信至，捎来万颗红豆，菩提的叶托着，日子很薄，但它总会把日子垫厚几分。

可是这么美好的信，我们却烧掉了很多。年轻时，我们的心里住着一头冲动的小兽，它时而暴怒，如乌云里的闪电；它时而安静，如一座废弃的庄园。一些误会或一句伤人的话，便会累及这些无辜的信。多年以后，我们谈起那些被烧掉的信，总是忍不住心痛。

那是我们最初的信，信里有诗，有啤酒和烟灰缸，我们以哥们儿相称，大千世界无所不聊，知晓你是个女孩之后，我们的信才有了香气。可是我们烧掉了它们。有人说，青春经得起折腾，分分合合也无伤大雅。可我总觉得，烧掉的那些信还是在我心上烫了一个洞。

有一首歌叫《那个下午我在旧居烧信》，很有诗意的名字，可为什么偏偏是下午呢？有人解释说，早上烧，像清洁工；中午烧，像做错事的文员；晚上烧，像毁灭证据的犯罪分子。只有午觉醒来烧，刚好和最伤感的时段对应。有人则对"烧信"有这样诗意的描写："我在旧居烧信。烧掉第一封，那是十三岁的道歉；烧掉第二封，十五岁夏天的告白；烧掉第三封，十八岁的所有。如果可以，我也想把过去的某些东西毁尸灭迹。我在这里可以一口气写下长长的单子，甚至恶狠狠地说：'哦，那一整年最好都忘掉。'但下一分钟，恐怕又要伸出手一条条划去。我想要忘了那一次出丑，但要记得之后你给的安慰，可是忘了前面的难过，我如何再去体会你带来的温暖和快乐呢。记忆是如此麻烦缠人的东西，蜷缩在心上连我也无从控制的角落，依附在身边无数的细节里。唯一能做的不过是接受和喜爱自己，从很久以前开始，并一直下去。"

你看，烧掉的又何止是信呢？那是一段段的回忆。信烧掉之后呢，又是一封接一封地写，就像那即将织好的围巾，拆了又织，织了又拆。青春啊，就像一封动人心弦的长信，一波三折，让我们欲罢不能。

你任性地烧掉那些你写给我的信，可是你知道吗？你烧掉的信，正以另一种方式飘散在风里，由风念给我听。由此，我有理由认定，你烧掉的信正以另一种方式归来。比起被烧掉的信，我更在意那些信上的折痕。那时候，要把写好的信叠成各种形状，以寄寓不同的情境。其实，无论叠出多少现实的形状，最终都会化为一个暖心的形状。

折叠，这是一个多么好的意境！一封信的折叠像不像一种拥抱呢？一张纸的上半部分拥抱着下半部分，一封信的开头拥抱着结尾，一些美妙的词拥抱着另一些美妙的词，一种香味拥抱着另一种香味，就如同相思拥抱着相思，眼泪拥抱着眼泪，叹息拥抱着叹息，爱拥抱着爱。无所不包的信，又如此单一，因为那"折痕里，只有你的马车缓缓经过"。

（摘自《读者》2022年第20期）

迈出改变的第一步

陈海贤

有一个大象和骑象人的比喻，大象就像我们的情感，骑象人就像我们的理智。当我们想改变时，骑象人就会指挥大象，去自己想去的地方。但是，很多时候，大象也会劝说骑象人，让他相信，改变既没必要，也不可能。也就是说，情感会引诱、恐吓理智，使我们停留在心理舒适区，无法做出改变。

那么，有没有办法克服这种阻力，让大象顺利迈开步子呢？

有一种特别的方法，能够有效推动改变，它运用了"小步子原理"。

简单来说，小步子原理就是在改变的路上迈出小小的一步，获得一个小小的成功。通过不断获得小的成功来积累经验，从而为下一步行动提供心理动力。

小成功能够让大象体会到改变的好处，也会塑造一种希望，让大象相信改变是可能的，并促使大象不断迈开步子。可问题是，成功总是在行动之后。我们要先有行动，才可能获得好结果。如何让大象迈开第一步呢？

心理咨询领域有一种提问技术，叫作奇迹提问。什么是奇迹提问呢？我举一个例子你就明白了。

我有一个来访者，上大学四年级。他需要在最后一学期修完四门课才能毕业，否则会被退学。就在这个关键的时候，他却每天窝在宿舍打游戏，几乎不出门。

他是村里第一个考上名牌大学的学生，村里人教育自家孩子好好读书的时候，都会以他为榜样。他家里并不富裕，他很清楚自己顺利毕业参加工作对家庭的意义。可就是因为这些压力，他提不起精神好好看书备考。谈到将近的考试时，他说自己已经想明白了，毕不毕业无所谓，大不了去干体力活，有口饭吃就行，也能帮家里分担压力。

当然，他并不是真的无所谓，只是心里的大象畏惧压力，迈不开步子，逐渐对改变失去了信心。

有一天我问他："假如奇迹出现了，你真的顺利毕业了，会发生什么呢？"他摇摇头，说不想去想这些没意义的事。

不去想可能的改变，这也是大象保护自己的方式。有时候，为了避免自己失望，我们宁愿不产生希望。

可我坚持说："没关系，只是想想嘛！"他慢慢开始想了，说可能会去家乡的省会城市找一份工作；如果找不到，就回高中母校当老师。

说到这里，他脸上开始有光了，也许是回想起在高中当学霸的时光。

我继续问："你再想一想，如果你已经顺利毕业了，回顾这个过程，你迈出的第一步是什么？"他想了想说："我至少要让自己的作息正常起来，按时去食堂吃饭。"我说："好，那你能做到吗？"

奇迹提问是心理治疗中经常用到的一种提问方式，它看起来简单，其实有着精巧的设计。在改变的过程中，我们在往前看和往回看时，看到的东西经常不一样。往前看，会看到困难；往回看，会看到方法和路径。当假设好的结果已经发生了，再往回看的时候，我们其实已经绕开了大象的防御机制。好的结果，哪怕只是假设中的好结果，有时候也会让大象欢欣鼓舞。因为它提供了一种动力，让大象不再去思考这件事的可能性、它的困难在哪里，转而去思考这个过程是怎么发生的。这样，我们会更清楚地知道，改变的第一步该怎么走。

在这个咨询片段里，我没有跟来访者讨论怎样学习、如何通过考试，因为这些任务都会吓坏大象，让它不敢迈出步子。我们讨论的，仅仅是按时去食堂吃饭。这是来访者能做的事，也是他有信心做的事。所以，奇迹提问带来了改变的第一步。这样的改变虽然微小，对来访者却是非常有帮助的。

此外，这样的改变还有特别的意义。这种改变的一小步，最好是在心理免疫系统的基础上提出的。我知道他之所以每天待在寝室，不去教室，也不去图书馆，是怕碰到熟人。被熟人问起，他会感到无地自容。每天按时去食堂吃饭，就是针对他心理免疫系统迈出的小小的一步。

之后，他真的这样做了。刚开始时他小心翼翼，生怕被别人看到。没想到，第二天打饭的时候，还真遇到了一个同学。那个同学很热心，问起他的情况，他犹豫了一下就回答了。也许是出于好意，那个同学告诉他，自己正在备考，也很孤独，需要一个人提醒自己早起。于是，他们约定相互提醒，一起吃早饭。后来，他们开始一起上自习，来访者的状态慢慢好了起来。

有时候改变就是这样，好像一副多米诺骨牌。对我们来说，最重要的是找到能够推动改变的那块牌，找到第一个小小的改变，把它推倒，并带着好奇，看看会发生什么。用奇迹提问找到第一个小小的改变，并让它实现，这个策略就叫小步子原理。

改变的时候，千万不要试图和心中的大象正面对抗，而是要绕开它的防御机制。小步子原理就是绕开这种防御机制，帮助我们行动的方法。

也许你会想，这个故事的结局太完美了。万一那位来访者去食堂时，没有碰到那个同学呢？万一那个同学没有出于好心约他一起上自习，而是嘲笑他呢？那他迈出的这一小步，不是没用了吗？

小步子原理不是一个让我们获得最终成功的策略，而是一个让我们有所行动的策略。它的重点不是结果，而是此时此刻的行动。它的核心思想其实是古希腊斯多亚学派的主张：努力控制你所能控制的事情，并接纳你不能控制的事情。

如果你需要有最终成功的承诺，才能去做一件事，那你已经陷入让自己无法行动和无法改变的思维模式。因为你会发现，没有什么人或者什么方法能够给你这样的承诺。

小步子原理的核心，是让你专注于当下能做的事情。至于这个事情能不能带来想要的结果，这不是你能控制的，因此，也不需要你去关注。

也许你还有疑问：万一那位来访者真的受到其他人的嘲笑，该怎么办呢？

我认真地想过这个问题。如果它真的发生了，那我就会建议那位来访者转移关注点，去看看嘲笑是不是真的像自己想象的那样可怕。如果他发现嘲笑并没有那么可怕，那他便会获得一种新的经验，这也能帮助他进一步行动。

我很爱讲一个故事。从前有一个老和尚和一个小和尚下山去化缘，回到山脚下时，天已经黑了。小和尚看着前方，担心地问老和尚："师父，天这么黑，路这么远，山上还有悬崖峭壁，各种怪兽，我们只有这一个小小的灯笼，怎样才能回到家啊？"老和尚看看他，平静地说了三个字："看脚下。"

  改变的过程就是这样，我们心里有目的地，可是在行动上，只能看清脚下。也许有一天回过头，我们会发现，走着走着，自己已经走得很远了。

（摘自《读者》2022 年第 20 期）

青春对台戏

曾 颖

事过多年，我仍然记得大街上响起的经久不息的掌声和口哨声。

那是1985年，我15岁，县里学电视节目，搞起了歌咏比赛。那形式，有点儿像今天的选秀，先要海选，但那时叫初赛，然后是复赛，最后是决赛，那阵势像过节一般热闹。与全封闭的文艺会演和晚会相比，这种半开放式的选拔，算是为跃跃欲试的年轻人开了一个口子。

当时唱歌的主流是美声和民族唱法，通常是把话筒立在面前，男的穿中山装，女的穿大红裙，手按在胸口，唱得字正腔圆。而流行歌曲，也就是当时所称的通俗唱法还不被当成一回事儿，拿着话筒边扭边唱甚至会被看成不正经的行为。

就像所有十五六岁的年轻人一样，那时的我和同学们都向往新鲜而活泼的事物。唱歌跳舞，无疑是最能表现这两种特色的东西。当时的我们，为了寻找一首新歌，可谓费尽心思，或在夜静更深时偷听电台，或用录音机到电影院录新歌，或跑到省城去买翻录带，或用录音机对着电视机录嘈杂的歌曲。总之，那时，我们就像喜爱新衣服一样喜欢新歌，而且将"新"作为衡量一首歌的唯一标准，羡慕别人唱新歌，鄙视别人唱老歌。

但担任歌咏比赛评委的爷爷奶奶们不这么认为。在初赛那天，我们全班报名的14个人，有12个被淘汰了，他们大多数只唱了两三句就被叫停了。最惨的一位同学，上去一亮相，还没张嘴，就被吆喝下来了。因为他把衬衣的下角绑在肚子上，自以为很酷，台下的评委却看着很不顺眼。总之，我们那天被这群自幼唱川剧的老文艺骨干叫停的理由不是台风不正就是嗓子不亮，要么就是歌曲的价值取向有问题——中学生娃娃，怎么可以唱爱情歌曲？

同学们原本志在必得，以为可以凭新歌和别人压根儿就不会的迪斯科风光一把，不想被横空伸出的巴掌拍得满地找牙。顿时，所有失落变成义愤，我们感觉受到了极不公平的待遇，于是决定要做点儿什么，来表达我们的不满，并证明我们的存在。

同学中有人会弹吉他，通过弹吉他，他又认识了会其他乐器的小哥们儿，他们同样在歌咏比赛的初赛和复赛中落马。手持话筒都不被允许，何况背着吉他边弹边唱，这是什么样的场面？

很快，一支汇聚了吉他手、小提琴手、键盘手和鼓手的乐队成立了。经过几天偷偷地排练，我们居然练成了好几首曲子。一位赵姓同学的爸爸是单位的工会主席，在听了我们演奏之后，答应把大功率音箱和架子鼓借给我们。当然，他不知道我们是要去和县里的歌咏比赛唱对台戏，否则的话，他断然不会借给我们。

歌咏比赛仍在剧场举行。我们决定把我们的舞台放到剧场正对的街上。为了显示与剧场里那些穿中山装、大红裙的选手不一样，我们都搞了夸张且前卫的造型。有人故意把衬衣的袖子撕掉；有人用黑色和红色的颜料在衣服上拍出手印；有人把袜子底剪掉，像绑腿一样将其套在裤子外面；有人把裤腿剪掉一截，用针线缝成帽子戴在头上。

当剧场里的音乐响起时，我们这支穿着奇装异服的乐队，也开始演奏乐曲。街边开杂货店的老爷爷为我们提供了电源，路边维持秩序的警察只当我们是耍杂技卖艺的，也没要求我们离开。

当时的气氛很热烈。我们从最初的手脚哆嗦，到弹出第一个音符，简直如从悬崖边往下跳似的鼓足了勇气。我们以电影《阿西门的街》的主题曲开场，唱着一段连日本人都听不懂的日语——这是大家通过不断地按着录音机的暂停键用汉字标注的发音——叽里呱啦，胡喊鬼叫，但感觉洋气而新鲜，很快就吸引了一大帮年轻人，而且圈子越扯越大，人越来越多。剧场里也陆续有人出来，加入我们的观众群。我们唱对台戏捣乱的目的，初步达成了。

看到演唱有了效果，大家更来了精神，把当时市面上刚流行起来的歌曲都搬出来唱，什么《少年犯》《迟到》《秋蝉》《拜访春天》《小秘密》……

起初，大家还是按排练的乐曲按部就班地唱歌，后来，开始接受点歌，甚至人群中开始有人跳出来唱。那一刻，我们发现，在平静的小县城的各个角落，其实隐藏着那么多和我们一样，渴望唱新歌、渴望过与以往完全不一样的生活的人。许多我们自以为新潮的歌，大家都会唱。每一曲都是以独唱开始，以合唱结束。大家像荒地中焦渴的禾苗，期待着一场喜雨的来临。那是一个歌曲没有变成纯商品的时代，那是一个心里有明确盼望的时代，那也是一个简陋但真实的时代。

那天的演唱，虽然我们的歌声、乐器和技术都很粗糙，但我们第一次用一种破茧成蝶的勇气，向世人证明了我们的存在。那一年，我 15 岁，报纸和广播里正忧心忡忡地担心"70 后"孩子们难当大任，就像现在很多人批评"90 后""00 后"一样。但我们用稚拙的声音，表达了我们的存在。

多年后，参与那晚演出的哥们儿大多离开了老家，追寻着各自的理想，有人去了电视台做主持人，有人当了导演，有人去写歌并出了专辑，有人当了编辑，有人做了记者。就连那少许的没离开家乡的人，也渐渐地成为当地的文娱泰斗，坐在当年那些爷爷奶奶坐过的评委席上指点江山。但愿他们，不会逼出一场对台戏，不再让充满委屈的孩子借一场不正规的音乐会，来倾诉对生活的愤懑与不平……

这是我青春期最难忘的事，那晚激动得有些跑调的音乐，成为我青春记忆中抹不去的注脚，每每于夜静更深时，悠然萦绕在我的梦中。

（摘自《读者》2022 年第 13 期）

成为一个普普通通的救火骑士

明前茶

第三趟从缙云山火场上下来,小腿靠踝骨的地方,已经被摩托车灼热的排气管燎掉了汗毛,火辣辣地疼。回到物资补给站,小张顾不上洗脸,立刻就问补给站的阿姨有没有烫伤药。阿姨迅速蹲下,看了看小张小腿上的伤情,说:"等着,我赶紧去给你拿冰块,你冷敷几分钟,我再帮你用碘酒消毒。小伙子,你得换条长裤,不能穿这样的中裤。"

正好,阿姨的老公开来了自家的挖掘机,打算去火场上开隔离带。打量小张的个头与自家老伴差不离,阿姨立刻拿出老伴的一条迷彩长裤,让小张换上。补给站的阿姨就像这些小伙的亲妈一样,盯着每一个下山的摩托骑士,敦促他们喝生理盐水,服用藿香正气丸,或者喝点败火的凉茶。

歇了不到5分钟,凉飕飕的碘酒涂上小腿,小张便赶紧背起背篓。背篓里放了一桶20公斤的柴油，摩托车后座上再紧绑一个装盒饭的泡沫箱，他又要上山了。山上的灭火器械正"嗷嗷待哺"，等着这些柴油，而疲累的消防队员也该吃晚饭了。小张飞驰在进山的公路上，忽听有人在路边齐齐高喊："辛苦了！好样的！""重庆娃儿雄起！"

小张一时间百感交集。他迷上越野摩托后，经常深夜与同龄伙伴去人迹罕至的山路飙车。重庆山高坡陡，越野摩托的轮子特别宽，马力特别大，才能爬坡上坎，飙出速度，而这样一来，噪声也就特别大。

通常，小张飙完车回家都凌晨两三点钟了。他蹑手蹑脚想潜回卧室，每次都不能得逞。客厅里的电灯忽然亮起，父亲黑着一张脸，爆出炸雷般的一声吼："你还知道回来！你晓得不，崽儿出去飙车，我跟你娘的心就像被绳子拴着，在沸水里烫了一回又一回。"

小张虚弱地辩解："人还能没个爱好？我爱飙车，就像你爱钓鱼一样，违犯了哪条法律？"

父亲气急："飙车危险，还是钓鱼危险？下次我再悬着心等你回家，老汉我把姓倒过来写。"

小张从这霹雳般的牢骚中，洞见老爹的忧心。他还是有点儿感动的，便垂头保证，他和小伙伴会注意安全，并不会像电影中那样，从高台阶上跌下来。父亲从鼻孔里哼了一声，意思是：你们这些崽儿就知道找刺激，我信你个鬼！

这次上山救火，小张提前跟父亲电话报备。他原以为父亲会阻止他，谁晓得父亲立刻爽快地推了他一把："你快去嘛！每个崽儿心头都有一个英雄梦，养车千日用车一时，你此时不去，还等何时？"

小张又一次上了山，此时火势更盛，远远望去，山头上，两条蜿蜒的火龙头尾几乎咬合了，空气里充满了焦烟味，小张在半山腰的缓坡上停住，旁边一冲而上的骑士冲他大喊："上坡后车头向右，别摔了！"骑士喉咙嘶哑，整个背像蓄势待发的豹子一样拱起，明知他看不见，小张还是朝他扬起手臂，比了个赞。稍微定了定神，小张也轰响油门，朝那快60度的高坡疾驶，在冲出去的刹那，他记起了与伙伴飙车时琢磨出的一些技术要领，这会儿，它们一一在心头跳荡。

一个多月没下过雨的山路，在摩托车轮下迸射出阵阵烟尘，加上发动机散发的热气，小张觉得自己瞬间像被一个火球包围，汗水顺着眉毛与发鬓流下，混合着扑面的烟尘，哪怕戴着头盔，整个人也立时成了大花脸。

到了救火前线，卸下柴油和盒饭，小张领受了新任务：将一名消防战士送下山去轮休。战士已经与大火鏖战了10多个小时，两眼充血，满脸乌黑，只有牙是白的，一坐上摩托车后座，头往小张肩头一靠，就要睡去。小张忙拍他的肩膀："兄弟，咱到山下再睡，好不好？下山有五六十度的陡坡，摔了的人不计其数，你睡着了，万一摔下去可就危险了。"战士说："瞌睡与咳嗽一样忍不住哇。"小张赶紧说："来唱歌，咱一路唱下去，唱了就不困了。"没等战士开口，他就竭力吼唱起来："人生不是一个人的游戏，一起奋斗一起超越……管他天赋够不够，我们都还需要再努力……"

好不容易将战士平安驶回补给站，放松下来，小张才发现战士稚气未脱，看上去不过20岁。站上的阿姨、大嫂赶紧跑过来，替瞌睡的战士洗脸洗手，发觉他双手都有灼伤的痕迹，又忙着给他上药膏。

小张又上山了，第5趟，他送了消防水带上山，山上水源不够，火势太猛，消防员临时在离火场不远处挖了水池，要把水引过去，需要很多卷沉重的消防水带；第6趟，小张运送了三大箱矿泉水，背包里还装着藿香正气丸；第7趟，小张运送了新的灭火器上山；第8趟，他又运送了打隔离带要用的油锯；第9趟，他要把短暂休息后再次请战的消防员送上山……送到第12趟，回山下吃饭补水时，小张发现大拇指在不受控制地发抖，这是他长达数小时在陡峭山路上用大拇指按压刹车留下的肌肉记忆。他正用另一只手使劲按摩着右手大拇指，只听背后传来熟悉的一声吼："可算找到我家崽儿了，都找好几个钟头了。你怎么换了一副模样，走时没穿迷彩裤啊。"

蓦然回头，竟是父亲，他正拿着一罐烧伤敷料，给山上下来的人处理伤口。见小张取下头盔，他一声惊呼。

小张这才知道，他走得匆忙，一到目的地就开始干活，并没有告诉家人他到底在哪个物资补给站当志愿者。父母时刻关注着火场新闻，越看越不放心，父亲便骑上电动车，去附近的各个补给站帮忙，顺便寻找儿子。

这会儿，父亲将手中东西"咣"地一放，激动地抹起了眼泪。小张也被震动了，在他的记忆中，父亲从来没有在儿子面前流露过儿女情长，他总是像一座铁塔或者一座缄默的山一样，开口便是风雨雷电，从来对小张都是有点看不惯的。小张赶紧岔开话头对父亲说："你跟我妈偷着商议，说要找个厉害点的媳妇管住我，当我不知道哩。今日一看，我不用媳妇管了吧。"父亲抹去眼泪，笑着在他肩头捶了一拳："你妈叫我拿来两个大西瓜，你快吃两片败个火。山上急着打隔离带，油锯子都使坏了好多个，马上要运修理用的零件和工具上去。等大火灭了，爹请你喝庆功酒。"

见儿子的T恤上全是汗水留下的盐渍痕迹，看着都磨皮肤，父亲马上把自己的T恤脱下来，不容分说跟儿子换衣服。小张也来不及说什么感激的话，他只是再次背上背篓，拉紧了后座上拴物资的绳索。

当他又一次轰响油门冲出去时，他从后视镜里看到父亲缓缓地朝他离开的方向敬了一个礼。小张心头一热，这是父亲退伍以来少有的标准式敬礼；这是他24年来，第一次受到父亲这么直截了当的肯定，父亲把他当战友、当大人了！一个普普通通的儿子，一个普普通通的救火骑士，就这样成了父亲的骄傲。

（摘自《读者》2022年第22期）

俗人老丁

老杨的猫头鹰

去老丁家做客,刚放下果篮,他就招呼我去帮忙,说厨房的水池里养着两条鱼,让我去看一下哪条鱼长得更帅。

我一脸诧异地问:"然后呢?"他停下正在切菜的手,然后用刀挡住一只眼睛,怪笑着说:"嘿嘿,长得帅的就是今天的下酒菜!"

提起老丁,我的脑子里第一个蹦出来的形容词是"俗不可耐"。

作为一位教古代汉语的大学教授,他最喜欢聊的话题居然是催婚、催生、催买房。他平生最大的愿望是开家店,左边说媒拉纤,右边房产中介。为此他说过一句"名言":"但凡劝人不上学去打工的,或者劝人不结婚、不买房、不生娃就在一起过日子的,都有问题,不管是以'为你好'或者'我爱你'的名义,还是以文艺或者自由的名义。"

除了话题俗,他的喜好也俗。他喜欢看低俗的言情小说。他最喜欢听东北二人转和老调梆子，对一群人端坐着听的那种音乐演奏会根本提不起兴趣，也不会关心波伏娃瞧不瞧得起男人。

他的衣着打扮也很俗，一旦收起了笑容，就像是烦人的教务处主任；一不小心笑歪了嘴，就是地主家的傻儿子。

可尽管如此，所有熟悉老丁的人又会觉得：他俗得让人服气！

他能把枯燥的古代汉语课讲出麻将馆的味道，所以他上公开课时，教室常常被学生们围得水泄不通。

他能从低俗的言情小说中总结出人性的种种，然后还写进论文里发表了，并且获奖了。

他拜了专业的老调梆子演员做老师，然后在民俗比赛中的表现不亚于专业选手。

他不怕吵闹，逢年过节去看二人转节目，一看就是一整天；他也不怕独处，跟自己的鞋子也能聊一个下午。

那天吃饭的时候，我问他："作为一名大学教授，你这么俗气，就不怕被学生们笑话吗？"

他用力地吸着螺蛳说："他们怎么看我是他们的事，又不是我的事。再说了，不被人笑话就脱俗了？"说完换了一颗螺蛳接着吸，然后冷不丁地补了一句："来来来，告诉我，都有谁笑话我了？我保证不打死他。"

真正高级的个性是，既能和这个世界抱作一团，也能自己一个人玩。

这样的人能够坦然地活在这个闹哄哄的世界里，不装腔作势，不装神弄鬼；理智成熟，但童心未泯。

如果他的心里真的住着一个俗人，他敢把他放出来，让自己和周围的人都看见。

生而为人，要么就努力到能力出众，要么就乐天知命。最怕是你见识打开了，可努力又跟不上；骨子里清高至极，性格上却软弱无比。结果是，比真本事的时候顶不上去，该断舍离的时候又放不下；应该使巧劲的时候偏要一根筋，本该下笨功夫的时候却在游戏人间。

　　真正无忧无虑的人只有两种：一种是得了失心疯的，另一种是大彻大悟的。从这个角度来说，真是辛苦了没有傻透也没活明白的俗人。

（摘自《读者》2022 年第 5 期）

父母买房记
小李飞道

1

1989年，父亲从山里的伐木厂调到了县城的工厂，母亲依旧要留在山里工作。父亲不愿离开她，但母亲态度坚决，还发了火："儿子7岁了，如果进不了县城读更好的小学，长大后会像我们一样吃没文化的亏！"

为了成为"有文化"的人，7岁的我随父亲进了县城，而母亲4年后才调到县城。父亲选择去县里的国营印刷厂，他有自己的理由：印刷厂印图书，儿子天天有免费的书看，怎能不成才？

父亲报到时，印刷厂的公房已经住满了，他只能去厂外租房。父亲找到故交老何。老何早他几年来县城，靠做木材生意起了家，在城郊接合部的马路边购地建了两层砖楼，有4间房。

父亲对老何竖起了大拇指："几年不见，真了不起！"这句话既表达了佩服，又隐含了降低房租的期待。

老何却只顾自夸："两层楼算什么？这只是开始，等生意做大了，我修6层楼。"

父亲饶有兴致地听老何吹嘘了半天，以为房租优惠有望，谁知临了，老何拉住父亲的手，笑着说房租的事得和他老婆去谈，他管不着。最终房租也算是优惠了，每月60元——父亲当时的月薪是140多元。

就这样，我和父亲住进了老何家2楼的一个40平方米的单间。上楼要经过一段没有护栏、没有电灯的楼梯，悬空的楼梯下面是一条淌着污水、散发阵阵恶臭的排水沟。走这段路没人会开心，除了我。因为父亲发明了一个属于我们俩的游戏——每当要爬楼梯了，他就问我："准备好了吗？"我说："准备好了。"于是我们俩深吸一口气，开始憋气爬楼梯，谁先吐气谁就输了。父亲总在到达家门口时弯腰摸胸，难受地说："哎，受不了了，你赢了！"

一年后，印刷厂的家属楼终于空出了一间房，我和父亲可以搬进厂里住了。新家在一栋6层砖楼的1楼，面积不到20平方米，采光、通风都是全楼最差的。屋子里只有一个小房间和一个地窖般的厨房，家具只有两张床、两个衣柜和一些桌椅板凳。

我想，之前这些家具摆在老何家40平方米的单间里已显得拥挤，这小房间怎么放得下？显然，我低估了父亲，只见他不紧不慢地搬家具，经过一系列折叠拼凑、排列组合，所有家具都顺利地进了屋。

我大失所望，觉得印刷厂的公房还不如老何的房子住得舒服。父亲拉我走到窗边，指着窗外说，前面的车间外边有个废品池，里面都是残次的印刷品，有故事书、儿童连环画，谁都可以捡。

我仔细一看，果然有个红砖堆砌的池子，顿时来了兴趣。

父亲又说："你说如果有连环画，这栋楼里的小孩，谁离那个池子最近？"

"当然是我！我要去捡。"

几天后，我果然在池子里捡到了故事书，但并没有小朋友和我抢。我兴奋地跑回家看了几页，发现有几页缺了，还有几页字迹模糊。

父亲指着自己的脑袋说："你看，我们看故事书是为了激发想象。这些空白处，你正好可以发挥想象，你想让主人公怎样，他就怎样，这多好。"

2

印刷厂的小房子承载了我童年的记忆，其中很多记忆都跟厕所有关。

我家的厕所很奇特，它不在屋内，而是在过道上。厕所门与我家大门之间相隔不到1米，而且朝同一个方向。从外观上看，仿佛我家和它正好组成了一男一女两间厕所。因为位置特殊，过路的人都可以使用我家的厕所。但不是每个借用的人都记得便后要冲水，也不是每个人都记得要从内侧锁门。

有一天晚上11点，我们正在睡觉，听到外面有人不停地撞厕所门，感觉门快要被撞破了。母亲很生气，穿上衣服出去，发现是楼上的一个邻居喝醉了。母亲呵斥他："搞啥子？不要撞！"

"老子要上厕所！"那个醉汉也很生气，说着就朝母亲扑了过来。母亲抓起旁边的晾衣竿抵住他，又操起铁衣架猛敲他的头。男人的惨叫声引来了两个邻居劝架，我和父亲才松了口气。

第二天，醉汉来我家道歉，母亲铁青着脸告诉他："我家的厕所是很小、很破，人人都可以用，但谁要破坏它，我和他拼命！"

到了1994年，印刷厂的家属区拆了几间平房，空出了一块地。厂里开大会，说以后再也没有福利房分了，要想住好房，只有集资建房这一条路。他们打算让职工自愿集资，在空地上盖一栋高6层、共18户的楼房。

现在看来，这个集资房充满了瑕疵：它没有产权，到今天都没办到证；它设计不合理，几乎是挨着两旁的大楼拔地而起，采光和通风欠佳；阳台过大，占用了过多面积……不过，我父母认为这房子比我们住的小房间好多了，至少它的厕所在屋内，外人上不了。

这栋房子分3个价，3楼到5楼价格最高，2楼和6楼便宜一点，1楼最低也要1.8万元。鉴于大家普遍没钱，厂里说可以在交房前的2年内，分3次付清房款。

当时我家的存款只有2000元，又没有银行按揭贷款。父母每月工资加一起只有200多元，除去必要的生活开支，一年最多能存1000多元，想买房，要存10多年才够。最后，父亲只好找遍乡下的所有亲戚借了5000元，加上存款，一共凑了7000元交首付，定下了2楼最小的一套房子。

3

从父母决定买房的那一刻起，我家便开启了精打细算的模式。该怎样形容一个本就很节约的家庭，因欠了一笔巨债而更加节约了呢？我想到父亲那件穿了10多年都舍不得丢掉的中山装，又想起母亲10年都没有再吃过她最爱的路边摊卖的酸辣粉。吃饭时，若一盘菜里有肉丝，父母总让我先吃够。我丢下筷子，他们才会动那盘菜，但往往里面已经没有肉了，只剩下油水和几根残留的菜叶。这时，父亲就将整盘油水倒进母亲的碗里，给她拌饭吃。

父亲进印刷厂时已经42岁了。他文化程度不高，又无特长，在厂里几乎没有前途可言。他也不强求，只想当个合格的普通工人。有时工厂里来了订单，时间紧，任务重，需要连续几个通宵加班。国企的正式工吃大锅饭，每月的工资是大头，没人愿意为了那点加班费去折磨自己的身体。但父亲要还房债，他主动带班，领着10多个临时工通宵加班完成任务。几年下来，父亲熬夜加了不少班。

1995年8月，我家终于搬进了新房。不久之后，父亲得了严重的心脏病，市医院的医生说是长期劳累所致，建议他去省城看病。于是，父母借钱去成都的华西医院看病，把我一个人留在家里。

白天我在学校上课，去亲戚家吃饭，晚上回家睡觉。新房有宽敞的客厅，我再不用担心头被撞了。我也有了自己的卧室，但没有父母的新房显得空荡荡的。我不禁怀念起小房里的日子，一家三口围在火炉旁，母亲说越小的房子越暖和。看来，母亲是对的，当初若是不买房，父亲就不会那么累，就不会生病了。

一个月后，我放学走到我家楼下，抬头看到2楼窗户打开了，有烟冒出来，那是烧炭圆做饭的信号。家里有人了，我激动地喊了一声"妈"，我妈答应了，我的泪水就流了下来。我冲上2楼，冲向那个新房子，那一刻我明白了，父母在的地方才是家。

4

1995年，印刷厂的效益急转直下，工人的收入随之降低。父亲的心脏病稳住了，但需要长期服药，也不能干重活，于是厂里劝他办理病退，这意味着以后他只能拿到极少的生活费。

父亲晚上睡不着,他喃喃自语,说儿子刚考上重点中学,自己就不上班了,这怎么行?第二天他就带着承诺书去找厂领导,那上面写着他是自愿坚持带病上班的,如果出了问题,不关单位的事。父亲说他任何工作都可以做,厂领导研究后,把他调到了较轻松的岗位,在厂门口当门卫。

父亲成了门卫后,家里的日子还是一样过。父亲的身体平常要靠药物维持,病犯了就去住院,一年有一两次。病情刚有好转,他就跳下床,在病房外的过道上慢跑几步,原地跳一跳,笑着对母亲说:"你看,我好了,快回家去!"

那几年,真不知道是怎样度过的,家里不但要还房债,还要给父亲买药。在这种情况下,他们还在银行存了一个子女教育的定期储蓄,在我考上大学时才能取。他们坚信,几年后我一定会考上一所好大学。即使后来我没考上重点高中,几乎放弃未来时,父母还是对此深信不疑。

搬进新房7年后,我考上了成都的一所大学。读了大学的我像懂了很多知识,觉得母亲思想落后。一次吃饭,母亲端起盘子,欲将盘里剩下的油水倒进碗里。我猛地放下碗筷,朝她吼道:"我说过多少次了!菜盘里剩的油不要泡饭,这样容易得高血脂。"母亲端盘子的手僵在空中,随后缓缓放下盘子,眼里有些歉意,低声说"以后不了,不了",眼睛有些湿润。

每到冬天,父亲犯心脏病的次数就会增多,去了医院,还是急着要回家。母亲在电话里说:"你爸每次病好了都会说,等儿子把大学读完,将来找个好工作,挣了钱给他一些打麻将。"我读大三的那年冬天,父亲从医院回到家,躺在床上,再也没有醒来。他再没有机会开玩笑了。

我工作后,回老家的次数就更少了。母亲和继父也离开了印刷厂的那个房子，搬到了我工作的县城。老房子被租了出去，每年几千元的租金解了我的燃眉之急。那时我想存钱在工作的县城买房，父亲留下的老房子，似乎在履行他未竟的遗愿。

2019年，我回了一次老家的印刷厂。厂外的农田已变成了一个个崭新的高档商品房小区。破旧的厂子就像一座被人遗忘的孤岛，与四周的环境格格不入。儿时的伙伴说，有好几个开发商看中了印刷厂的这块地，但厂区和家属区连片，改造面积大，涉及人口多，职工诉求复杂，几次拆迁补偿谈判都没谈拢。

我走到我家楼下，望着2楼那被租户封了窗户的阳台，默默不语。之后，我又去了父亲刚搬进印刷厂时住的那套单间——房子的外墙更烂了，走廊的厕所依旧是外人可以随便上的。

朋友说，这房里住的是一对年轻夫妇，有个儿子，他们刚从乡镇搬来。朋友突然想过去上个厕所，我拦住他，认真地说："那是别人家的厕所，不要去。"

（摘自《读者》2022年第14期）

民间性格

王太生

民间性格是一个地方的气质和风骨，每个地方都有它的民间性格。

口味即性格。我们这地方的人，口味清淡，菜偏甜，性格柔中带刚，刚中有柔，大多数人，性情是安静的。就像吃螃蟹，多费神的一件事呀，我们不急不躁，大人小孩，吃得干干净净，神态安安静静。

民间性格，是一种与生俱来的气质。

杭州人风雅。明代高濂《四时幽赏录》记述杭州人一年四季的风雅闲事就有48件：春时，在孤山月下赏梅花，八卦田里看菜花；夏天坐在三生石上谈月，飞来洞中避暑；秋天去满家巷赏桂花，去胜果寺月岩望月；冬天攀三茅山顶望江天雪霁，西溪道中玩雪……

民间性格，是暗生和滋长于民间的一种风骨。

民间性格，不仅体现在这个地方的人的性格里，戏曲也是一种载体。

我曾采访一个剧团，那天他们到乡下演出。开演前，演员们挤在简陋的一角认真地化妆，我用相机近距离拍下了许多特写，尤其是演员化妆后的面部特写。开演后，我站在后台，见台下黑压压的一大群人，如痴如醉地看着舞台，他们浸淫在戏中，进入特定的情境。我知道，观众是如此喜爱这样的艺术表演，因为这样的戏曲接地气，更接近乡村淳朴憨厚的民间性格。

菜市场也是一个地方民间性格的一部分。一个卖，一个买，从两个人的对话中，可以了解这个地方的民间性格特点。当卖家称好菜，递到顾客手上，买菜的女人忽然尴尬了，原来她忘了带钱。那个卖菜的小贩一脸微笑说："不要紧，不要紧，你先拿回去吧。"菜市场里有不加修饰的民间性格，高声吆喝的，亲热招呼的，浅笑吟吟的；粗嗓门，细喉咙……粗犷与细腻，呈现得淋漓尽致。

民间性格，包含着急与慢，粗犷和细腻，大方与小气，真诚和虚伪，张扬与谦卑，甚至是风风火火，古道热肠。

民间性格，更体现在那些小人物身上。有一次，我们在陌生的地方迷了路，问旁边一位经过的路人，对方不仅指了路，还带我们到一个路口，再三说明，才放心离去。

民间性格，是一个人的性格，更是一个地方的性格。

闲阅县志列传，里面有一段记载古代乡贤魏老先生预知生死的故事："预自刻期沐浴，具衣冠，端坐而卒。卒之日，犹赋诗饮酒，谈笑如常时。"这位曾官至明代兵部左侍郎的老先生，似乎听到死亡的脚步走近，便用清水沐浴，穿戴好衣冠，端坐而逝。去世前，留亲友在家中饮酒赋诗，谈笑自若，面色温和，一如往常。

我读罢此数行文字，唏嘘不已。此乃真正通透之人啊。

（摘自《读者》2022 年第 2 期）

穿过风雪的音乐盒

张 翔

那一年，他去西藏八宿的一个小乡村支教。支教两年后，他就可以回城获得一份不错的工作。

初入校门的那一天，孩子们在学校的操场上排成两排，向他敬礼。那天白雪飘飘，那一双双举过头顶的手却没有一双戴着手套，他们的手套都挂在脖子上。

他留了下来，教他们语文、数学、自然，教他们认识山外的山、山外的城。

孩子们来自不同的村落，近的就住在乡里，住得最远的孩子来上学甚至要翻过一座海拔三千米的雪山。他很熟悉那个住得最远的孩子，孩子的名字叫也措，黑黑的小脸，还有两团高原红。据说，他家里只有一匹马，是整个家唯一的生活来源，为他们负着生活的重担，春天来的时候，偶尔还能接上几个观光客。

也措平日里非常沉默,但是眼神很特别,有点怯怯的忧郁,忧郁中透着惶恐,惶恐中又露着一丝坚定。在这个偏僻的小乡村里,他见到的眼神是整齐的,老人孩子都一样,单一而纯净,唯独这个孩子,眼中似乎有很多内容。

雪大的时候,全世界只剩下了白,无法找到道路。家远的孩子只能留下来,住在老师的宿舍里。那天,有几个孩子留在他的宿舍。

那个晚上,孩子们在他的允许下翻看他的东西,并抱着他的吉他乱弹。只有也措,那个忧郁的小也措,在翻看他的一个小小的音乐盒——那是他的初恋女友大一时送给他的生日礼物。虽然毕业前他们已经分手,但他还是一直保存着这个好看的音乐盒。他来西藏之后的那些日子,总是不停地打开它,听那首熟悉的《致爱丽丝》,听到泪眼模糊,直到有一天发条崩坏。

此刻的也措正抚摸着那个音乐盒,眼神,是他熟悉的淡淡的忧郁。

他走过去,问也措:"你知道它叫什么吗?"

"不。"也措的话总是很少。

"它叫音乐盒,一翻开盖就会唱歌。"

"是谁送给你的?"也措问了一个令他措手不及的问题。

"是妈妈在我生日的时候送给我的。但是现在坏了,要不就可以让你听一听了。"对着孩子,他还是撒了谎。

也措看了他一眼,就低着头不说话了。

那一夜的雪很大,他能听到学校后山的树木折断的声音。等他第二天醒来的时候,远方除了雪还是雪,除了白还是白。不知道为什么,他的眼泪一下子就出来了。

那一次，也措在他的宿舍里住了整整三天，可是从第二天晚上开始，也措便开始想家了，听到半夜风雪沙沙的声音就哭了，他不由得把他搂在怀里问："想妈妈了，是吗？"

"我要见阿妈。"也措一开口，泪水又掉了一串。

他鼓励孩子："也措，老师的妈妈在很远的地方，老师一年只能见一次妈妈，老师也很想妈妈，但是老师都不哭，你也不哭了好吗？"

也措看着他，停止了哭泣。

第三天黄昏，也措的母亲骑着马来到了他的宿舍门口，接走了也措。

那一年的冬天，雪一直很大，过年的时候，雪已经封了路，他很想家，却没能回去。

终于到了第二年春天，雪少了，阳光有了暖意，他听说不远的镇子开始有了稀少的游客。路，看来是通了，但是他没有时间回家，因为孩子们已经开学了。

也措也来了，像换了一个人似的，眼神，不再是淡淡的忧郁，而是有种说不出的欢快，看着他，总忍不住想笑。也措依旧不爱说话，总是偷偷地看他。

然后就到了他的生日，没有人为他庆祝，他孤单地为自己点燃了蜡烛。可是三天后，他收到了一个邮包，邮包是从北京寄来的，拆开来，竟然是一个音乐盒，比他的那一个还要漂亮。音乐盒里放了一封信，他看着，心就像春天的雪一般融化了……是北京的一个陌生人寄来的，那人在信中说，他在一个月前来了一次八宿，碰到了一个叫也措的小孩，小孩牵着家里的马送他进山，却没有收他一分钱，只请求他回去之后，在四月初给他的老师寄一个音乐盒当作生日礼物。因为，老师的妈妈送给老师的音乐盒坏了，老师已经很久没有见妈妈了……原本，他只需在那里支教两年，但是他整整待了六年才回去。走的时候，他把那个珍贵的、曾经穿过风雪来陪伴他的音乐盒送给了也措——他已经是个大孩子了，一个善良勇敢的大孩子。

（摘自《读者》2022年第8期）

正确前的不正确

李松蔚

我有很多朋友都认为做心理咨询师很辛苦。因为他们在日常生活中也试过改变身边的人，每每费尽唇舌却徒劳无功，搞不好还会落得一身埋怨。

常见的场景是"劝分"。当你看到朋友陷入一段伤害性的关系，站在局外人的立场，你能给出的最明智的建议就是劝其分开。"这样的人不分还留着过年吗？"道理没错，朋友也听得热血沸腾。然而折腾一大圈，他还是不分。

其实，心理咨询师反倒不会这样。

一般来说，只要不涉及人身伤害等必须制止的风险，咨询师往往会尊重来访者自己的选择。来访者打算做什么，咨询师就支持他做什么。想结束一段关系，就分开；如果还没做好准备，再等上一段时间也无妨——哪怕不舒适，只要是你自己的选择就行。这在心理咨询中是如基石一般牢固的工作原则——中立。

说到这儿,有人会质疑:有些问题明明有是非对错,为什么还要由着来访者?你心里当真没立场吗?诚实地说,我对有些事是有立场的。我不否认自己的立场,有时在咨询中还会直接说出来。我会说:"我个人是有担心的,我认为这段关系在剥削你、消耗你,甚至会扰乱你的判断能力,你很有可能受伤。所以讲实话,我建议你结束这段关系。"

但说完之后我会补充道:"这只是我个人的建议,我也理解很多人处在一段关系里是没办法说放弃就放弃的。你若暂时不想改变,也很正常。"

为什么要加后面这段丧气话呢?因为我知道,"看到"和"做到"是完全不同的两件事。

看到却做不到,本来就是一种人生常态。二者之间存在一道巨大的鸿沟,但我们往往无法接受这道鸿沟。因此,当一个人看到正确的事却做不到的时候,就容易陷入自我怀疑,进而攻击自己。

其实我们最怕的就是自我攻击。

做任何事情都有一个过程,从"做不到"到"试着做",需要时间酝酿。在此期间知错犯错,再正常不过。"做不到"不代表"想不到",只是暂时没有足够的力量行动而已。那就再等一等,等待更合适的时机。

在这个过程中,自我攻击没有意义——不仅不能缩短犯错的过程,反而会带来更大的挫败感,使"做到"变得更困难。

我女儿的英语老师曾告诉我,不要在孩子读英语时频繁纠正她的发音——首先要让她有信心开口。道理我懂,但她会养成错误的发音习惯,不纠正行吗?老师说:"没关系,跟着我做——微笑着聆听,鼓励她,然后用正确的方式读一遍,重复几次,等她注意到你们发音的差异,就会向正确的发音靠拢。"原来如此!有了这样具体的指导,我就知道该怎为孩子的"错误"留出空间。

所以，现在我会更具体地指导别人：想给朋友提建议吗？跟着我学——先说出你的建议，然后加上"这只是我的期待，实际上你要按自己的节奏来。有时你理智上知道应该这样做，但现在还没信心和勇气，这很正常"。

对方只要听到一句"很正常"，就会少一些自我怀疑，他改变的可能性就会大一些。

所以，如果有人做出一个你并不看好的选择时，你不妨缓一缓，别急着拽对方往正确的方向走，给对方一个缓冲的空间。从"看到"到"做到"，是一个需要自我调适的过程，而你最需要做的，就是给予对方尊重和信任。

（摘自《读者》2022 年第 18 期）

向你的梦想鞠躬

刘继荣

1

我曾在暑期吉他班里,替朋友客串了半个月的老师。点名的时候,竟有个拘谨的中年女人答"到"。我吃了一惊,按她的年龄和衣着,应该出现在小区的秧歌队或者公园的健身操行列才对。可是,她却怀抱着吉他,坐在一群青春飞扬的少年中间。

少年们纤柔的手指如得宠的精灵,弹拨扫按,轻松洒脱,很快就会弹简单的曲子了。而她的手枯瘦粗糙,显得极为僵硬。一个星期过去了,她还在笨拙地练习爬格子。

起先,我还担心会有同学笑话她。可大家看上去都特别尊重她,包括那些学生的家长，对她也很客气，我不禁有些诧异。在课程将要结束的时候，我终于从学生口中知道了她的故事。

5岁那年，她爱上了小朋友家的钢琴，向来乖巧的孩子大哭大闹起来。家境虽清寒，可她也是父母的小公主。父亲答应，在她15岁时一定送她一架钢琴。她总怕父母忘记，于是，每个生日都撒着娇，要他们承诺了再承诺。可真的快到15岁时，她才终于明白，父母肩上的担子太沉了，老老小小一大家人，都靠他们的肩膀撑着呢。

15岁那天，点燃蜡烛后，父亲与母亲对视着，有些欲言又止的尴尬。懂事的她掏出一把口琴，笑着吹起了《生日快乐》。弟弟妹妹们抢着吃蛋糕，简陋的屋子里满是笑声。她握着口琴，感觉这就是自己的钢琴，只不过变小了，很乖地贴在掌心。

初中毕业后，她在一家火锅城做了服务员。天天忙到深夜，腿和脚都肿了，头发里全是火锅的味道。可想到自己能减轻父母的负担了，还能慢慢攒起买钢琴的钱，她的心便成了琴键，"叮叮咚咚"地响起一些小小的快乐。

2

婚后，丈夫深爱善解人意的她，也为她的梦想动容。他轻轻对她说："相信我，再过3年，我们一定会有钢琴的。"她摇摇头："不，我们还是先买车吧。"丈夫是开出租车的，一直梦想能有辆自己的车。

丈夫为她买了许多钢琴曲的磁带，只要走进小小的家，就会有她爱的音乐。她在音乐声里做家务，在音乐声里给丈夫发短信，叮嘱他开车要小心。连小小的儿子，听见钢琴曲也会手舞足蹈。看着陶醉的儿子，她心里有一种幸福的痛惜。她辞掉服务员的工作，去一个菜市场，专门给人杀鸡剖鱼。工作虽苦，可挣得也比从前多。

菜市场里，流行歌曲唱得热热闹闹。她的耳朵，捕捉着各种伴奏的乐器声。每一样都是好的，若遇见钢琴声，就像遇见老朋友一般，脸上会浮出笑容。心里有幸福的人，才会有那样会心的微笑。

儿子上小学了，就在他们喜气洋洋去选钢琴时，老家的舅舅打来电话，说他的小女儿腿部得了病，没钱做手术。全家一致同意，将两代人的梦想，移植到那个16岁的女孩腿上。那个花季少女，也应该有许多水晶般的梦想吧。

这时候，两家的老人也渐渐成了医院的常客。他们夫妻都是家中的老大，照顾老人，帮助弟妹，所有的担子一股脑地压过来，日子一直过得忙忙碌碌。不知不觉间，儿子已上了高中。那是个争气的孩子，每学期都拿一等奖学金。

可是，她的手开始莫名地痛。拖了很久才做检查，诊断结果是类风湿性关节炎，指关节已经僵硬变形。吃药、理疗，效果都不太明显，每天早晨都痛到痉挛。儿子用奖学金为她买了一把吉他。他说："妈，你先试试这个，活动活动手指。等以后，我给你买钢琴。"

丈夫为她报了这个暑期班，于是，她抱着吉他来了。她笑呵呵地说："从口琴到吉他，我离钢琴又近了一步。"

3

我转头凝视着我的学生——她正在专注地弹练习曲，每个音符都弹得很认真。

结业的那天早晨,她也上台表演。尽管她平时练得很熟了,可彼时那些调皮的音符,显然不想听命于那双痉挛的手。一首简单的曲子,她弹得艰难无比,额上都沁出了汗。我心里默默地想:她的手,一定很痛吧。

同学们在台下轻轻为她伴唱:"你已归来,我忧愁消散,让我忘记,你已漂泊多年,让我深信,你爱我像从前,多年以前,多年以前……"我怔住了,我从未听过这样动人的合唱。

生硬艰涩的弹奏,渐渐变得柔和动人。我端详着这个42岁的学生:她的唇微抿,面容安静如水,眼睛里有淡淡的光辉。这是我所见过的,最执着地爱着音乐的人,一个值得尊敬的人。

一曲终了,所有的少年都起立,长时间热烈地鼓掌,大家轮流上前拥抱她,像拥抱自己的母亲。我也静静地站起来,向这位大我19岁的学生,深深地鞠了一躬。

她是个普通人,既懂得抗争,又懂得妥协,她享受音乐带来的快乐,却从不回避生活的责任。她乐观地活着,什么都不抱怨,她活出了独立的生命个体特有的精彩。

(摘自《读者》2022年第2期)

张师傅的行为艺术

肖 遥

我爸张师傅年轻时有个怪癖，就是讨厌一切装饰品。那个年代并不提倡佩戴饰品，衣服上除了纽扣，再没有别的。可是，张师傅连纽扣也讨厌，在我的印象里，张师傅只穿厂里发的那种拉链工作服，简单方便。

张师傅会给孩子们订杂志、买很多小人书。我们最喜欢的是小人书上的古装美女，临摹她们的项链、耳环、发簪。画这些的时候，因为匮乏与渴望，我们简直想象力爆棚。画着画着，摘两朵地雷花，挂在耳朵上当耳环，照着镜子臭美几分钟。几分钟后，要么地雷花掉了，要么张师傅瞪着眼睛气呼呼地出现了。

在那个"不爱红装爱武装"的年代，人们崇尚简朴实用。尽管张师傅的审美观有时代因素，但这并不影响他形成自己独特的审美。我们小的时候，一个春光明媚的周末，张师傅把一盆扁竹花放在窗台上，撑起画板，铺开纸笔，开始画画。院子里种了很多花，他偏偏就选了一盆扁竹花。清晨，扁竹花还是一个花苞，等他终于画出轮廓的时候，再一抬头，花瓣已经张开了，等他染好颜色的时候，花已经完全盛开了，还伸出一丛鹅黄的花蕊。也怪周围邻居们，这个过来看看，那个过来瞅瞅，还搭讪几句"张师傅还会画画啊"。张师傅就跟他们吹几句牛，说："我上大学的时候，学校里张贴的电影海报、校报的插画都是我画的。"这么说着，抬头一看，眼前的花和手中画的花又不一样了，只好重起一张草稿……那天，那盆花，张师傅画了十几遍。

那时候，家里的米缸是用废报纸捣碎化成纸浆糊的，其他人家的米缸外面贴的都是从报纸、杂志上剪下来的画，只有我家的米缸上贴着张师傅画的画。看到我家米缸上的画，邻居们请张师傅给他们画。因为那次遭遇了扁竹花的戏弄，张师傅在邻居们的鼓舞下拓展了"戏路"，开始画山水画。画的是他带我们春游路上看到的山山水水。和传统山水画中点景的亭台楼阁不同，张师傅画的山水画里点景的是电线杆或拖拉机。越来越多的邻居请张师傅画米缸，于是，我们那栋楼上的邻居都用上了有着拖拉机和电线杆的山水画的米缸。

张师傅从大山沟调回城里以后，生活节奏变快，就再也没有时间画画，直到我和姐姐相继大学毕业，张师傅退休。退休后10年间，张师傅自己办了个小型的机械加工厂。那些年，机械行业整体衰退，逐步让位于信息产业。所以，张师傅其实一直在一个夕阳产业里奋力挣扎。厂子除了安置一些下岗职工，缴了些税，基本没挣钱。而且比起从前在单位做总工程师的时候，张师傅办工厂的那10年操心多了。他这个厂长，平时就和工人们一起干活，看谁手慢些他就自己上手，看谁车零件出错率高他就自己动手，看扫院子的扫得不干净他也抄起扫把自己扫，久而之，他其实就是工厂里领头干活的勤快的老头儿。

我对我姐说，张师傅如果退休后不办工厂，而是继续画画，如今他也成画家了。这样说其实挺功利的，因为张师傅当年就是热爱办工厂，就好像如今的许多年轻人想开一间咖啡屋一样。那种心心念念，可能就是现代人寻寻觅觅的自我。想来，自我未必就非要冲着时代逆流而上，或者和现状背道而驰；自我，不过是通过完成自己热爱的事而成全的——通过走过的路、翻过的山、克服的困难，生长出一个新的更丰满、更完整的我，就像"办工厂"这件事对张师傅的成全。

张师傅60岁铺开宣纸画画的时候，和他同龄的学院派画家已经开始画逸笔山水和文人画了。张师傅学习能力超强，飞快地掌握了画画需要的所有技法，然而，他的画里好像总缺了些什么。他画的花鸟画太蓬勃、太甜腻了，就好像画家画的是清茶，他画的却是一杯白糖水。可是，现在谁还喝白糖水呢？以现在的标准来看，张师傅的画显然阳气过于充沛了。

如今张师傅画的山水已然没有了电线杆和拖拉机，但是他画的山，一看就不是那种清清静静像住着神仙的所在，也不是学院派画家笔下的枯棚茅舍，而是山风呼啸、层林尽染，中间还开着几户农家乐的山。因为从来没有出世之心，所以他的画烟火气很浓。人家画的是云烟，他画的是炊烟，即便临摹，他也能把"云深不知处"临摹成"白云生处有人家"。

张师傅对生活始终保持着机警和热情，所以不论游戏规则如何变化，他都能快速适应。如果非要说欠缺，他可能一直欠缺艺术家所谓的那种与现实的纠结、对抗、叫板。他从来不愁肠百结，所以他的画里也没有那种萧索孤寂。生活对张师傅来说，就是一辆战车，他驾驭着这辆车，或者被这辆车拖着，身不由己也罢，呼啸前行也罢，根本来不及悲悲切切。

我在写这篇文章的当口儿，张师傅正在临摹齐白石的公鸡。齐白石画的是农村里那种扑扇着翅膀、贼精贼精的鸡,张师傅画出来的却像一个精神抖擞、整装待发的厂长。

(摘自《读者》2022 年第 23 期)

找到你的玫瑰花

罗 翔

我非常喜欢圣埃克絮佩里的《小王子》,读过很多次,每次读都有很多感触。遥远星球 B612 上的小王子,与美丽而骄傲的玫瑰吵架,负气出走,在各个星球上漫游。最后,小王子来到地球,地球上有 111 个国王,7000 个地理学家,90 万个商人,750 万个爱喝酒的人,3.11 亿个虚荣的人——其中肯定也包括我。

小王子爬上了高山,他认为站在峰顶,就能一眼看到地球上所有的人。他向世界说"你好",但是听到的只有回声。

大家是不是也经常有这样的感觉,朋友越来越多,但是自己好像越来越孤独。当你向身边的人说"你好",你听到的却只有回声,他们只会重复你说的话。

但在这时,小王子在一棵大树下,遇到了一只很漂亮的狐狸。

"来跟我玩吧，"小王子提议说，"我很难过……"

"我不能跟你玩，"狐狸说，"我没有经过驯养。"

小王子疑惑地问狐狸："'驯养'是什么意思？"

"这是常常被遗忘的事情。"狐狸说，"它的意思就是'建立感情联系'。"

"建立感情联系？"

"是啊，"狐狸说，"对我来说，你无非是个孩子，和其他成千上万个孩子没有什么区别。我不需要你，你也不需要我。对你来说，我无非是只狐狸，和其他成千上万只狐狸没有什么不同。但如果你驯养了我，那我们就会彼此需要。你对我来说是独一无二的，我对你来说也是独一无二的……"

真正的关系都需要投入时间，需要在芸芸众生中找到一种固定的关联。所有的爱都是对具体的人的爱。如果你生命中有5000多朵玫瑰花，当你站在高山之巅向它们表白时，你能听到5000多个回声说"我爱你"，但是你一定会感到孤独。"但如果你驯养了我"，一切都会变得不一样。

狐狸还告诉小王子一个秘密："看东西只有用心，才能看清楚，重要的东西用眼睛是看不见的。"说实话，我们这一生都在追逐看得见的东西，权力、金钱、名望……但这些不可能给我们带来真正的满足。重要的东西用眼睛是看不见的，要用心去感受，正是你为你的玫瑰付出了时间，才使得你的玫瑰变得如此重要。但你千万不要忘记，你要永远为你驯养的东西负责，你要为你的玫瑰负责。玫瑰花上是有刺的，它会刺痛你，经常让你感到痛苦，但你还是要对它负责。

你说这个世界上有那么多的玫瑰，为什么要在这一朵玫瑰上投入全部感情？为什么不能住到花园里去？苏格拉底说，人心中的欲念是一个筛子，筛子装不满水，无论多少东西都不能填满人心。所以人的欲望一定要限定在具体的事情上，这样你才会有真实的满足感。

关于什么是真正的爱情，人类似乎始终有两种针锋相对的观点。一种认为所有的爱都是基于某一具体的个体，就像小王子说的，我们要在具体的人身上投入我们的情感，投入我们的时间，通过仪式来驯养他，也让他来驯养我们。

当然还有一种爱是抽象意义上的爱，觉得我爱的只是一个抽象的对象，是随机的个体，如果在同时同地我碰到了另外一个人，我也会爱上他，就好像莎士比亚的《仲夏夜之梦》。张三爱上了李四，李四也爱上了张三，但是王五也爱上了张三，赵六又爱上了王五，爱得错综复杂。后来张三和李四私奔，在森林里面碰到一个小精灵。小精灵乱点鸳鸯谱，趁他们睡着时偷偷滴了药水，让他们会永远爱上看到的第一个人。结果整个局面更乱了。李四和王五都爱上了赵六，张三被所有人抛弃。小精灵还把一个人的头变成驴头，仙后居然还爱上了这个驴头人身的人。

《仲夏夜之梦》提醒我们：我们的爱有时候会飘忽不定，我们爱的似乎是抽象的对象。你在一个特殊的时间点爱上了他，但是你爱的其实不过是他的某种气质，如果这种气质投射在另外一个人身上，你也会轻而易举地爱上对方。

于是问题就出现了，到底是《小王子》这种具象的爱，还是《仲夏夜之梦》那种抽象的爱，更真实、更能让人获得满足和喜悦？

我的想法是折中的爱。我们把爱投放在具体的个体身上，但会在他身上发现抽象意义上的美好。正是这种抽象意义上的美好，让你愿意和具体的个体产生驯养关系。

当你驯养了一个具体的个体，你就要为你所驯养的对象负责。你越为抽象感到动容，你就越希望在你所爱的具体个体中升华这种抽象之爱。

如果你的爱是一种泛化的爱，有爱天下之人的大爱，但是唯独没有对你身边的人的爱，那是一种虚伪的爱，一种自恋的爱，一种伪善的爱。

玫瑰花终究有一天会枯萎，朱颜老去、花瓣枯萎的时候，我们是不是要换一种花呢？我想不是的，因为狐狸告诉小王子，真正的爱，就是当你驯养了他，你要对他负责。所以，小王子告诉孤独的飞行员："无论是房子、星星还是沙漠，它们都是因为某种看不见的东西而美丽！"

玫瑰花是具体的、能看见的，但美丽是抽象的、摸不着的。我们终其一生都是为了在具体的个体上，觉察到看不见的美好和责任，所以一定要把我们的责任、我们的幸福放在具体的人身上。

星星对不同的人来说有不同的意义。对旅行的人来说，星星是指路的向导，对被囚禁的人来说是细微的亮光，对学者来说是研究课题，对生意人来说是财富，但对所有人来说，星星是沉默的，只有你的星星和别人的不同。如果你爱上了一朵生长在某颗星球上的花，当你抬头望着夜空，会感到很甜蜜，仿佛所有的星星都开满了鲜花。

在芸芸众生之中，我们被选择在一个具体的个体身上投放我们的时间，通过各种仪式，我驯养了他，他也驯养了我，我们开始经营情感。在经营的过程中会被刺伤，会流泪，会痛苦。但是，有一天，我们爱上了风吹麦浪的声音，我们看到了他的与众不同，正是因为这种美好，我们愿意为我们所驯养的对象负责。

小王子为了找回那朵玫瑰，甚至不惜牺牲生命，也许这就是爱。单纯欲望的满足会让人觉得无限空虚，爱一定是在具体的个体身上投入你的感情、你的时间。

这个世界那么大，有那么多的城市，但是有一座城市让你觉得与众不同，不就是因为那里有你爱的朋友吗？你不会觉得完全陌生的城市很特殊，因为你跟它们没有建立友谊，你跟它们没有建立关系，你没有驯养它们，它们也没有驯养你。

希望我们每个人都依然拥有小王子那颗清澈的心，去感恩与珍惜你的那朵玫瑰。如果你还在寻找，也祝福你能够找到属于自己的玫瑰花，但请注意，真正的爱是要用时间、真心、责任，用你的牺牲去守护的。

（摘自《读者》2022年第13期）

像文人一样吃

秦　源

鲁迅小厨

鲁迅先生一生在吃上异常节俭。有资料考证,鲁迅日常菜谱无非三菜一汤,菜色基本就是"老三样":一碗素炒豌豆苗、一碗笋炒咸菜、一碗黄花鱼。每月买食材的钱只抵得上购书开支的三分之一。

即便如此,鲁迅也有一系列比较偏好的菜品。最为奇特的是,鲁迅身为南方人,却对河南菜情有独钟。《鲁迅日记》曾提到在北京"厚德福"宴饮的细节。鲁迅在北京的时候,非常喜欢厚德福的菜,尤其是"糖醋软熘鲤鱼""铁锅烤蛋""酸辣肚丝汤""炸核桃腰"这四道菜,后来,有长垣厨师为纪念鲁迅,将这四道菜合称为"鲁公筵"。

1927年，鲁迅移居上海。知味观杭菜馆是鲁迅在上海期间去的最多的地方。而知味观的"叫化鸡"和"西湖醋鱼"等菜肴也因鲁迅而名扬日本。1933年10月23日，鲁迅在知味观宴请日本福民医院院长和内山君等好友，亲自点了"叫化鸡""西湖莼菜汤""西湖醋鱼"等佳肴。席间，鲁迅特别向客人介绍了"叫化鸡"的来历和做法。谁知，鲁迅的这个无意的举动，使得知味观及其"叫化鸡""西湖醋鱼"等菜肴在日本出了名。直到20世纪80年代初，"日本中国料理代表团"和"日本主妇之友"成员到上海访问时，还指名要到知味观品尝"叫化鸡"和"西湖醋鱼"。

　　鲁迅在上海期间，除了知味观，豫菜馆"梁园"也深得他的喜爱。他还曾产生过雇一个豫菜厨子的想法，后因对方要求的工资太高而放弃。鲁迅曾在梁园多次宴请朋友，或"属梁园豫菜馆定菜"，还时常请该馆厨师"来寓治馔"。不得不提的是，1934年12月9日，鲁迅在梁园宴请了刚到上海的萧军、萧红夫妇，及茅盾、聂绀弩、叶紫、胡风等作家。席间，鲁迅点了平日最爱吃的豫菜"糖醋软熘鲤鱼""铁锅烤蛋""酸辣肚丝汤""炸核桃腰"等。

　　在梁园，鲁迅最喜欢的菜却是扒猴头，这也是河南名菜，与熊掌、海参、鱼翅并称。鲁迅对此菜的喜爱程度非常之高，还曾产生过"但我想如经植物学家或农学家研究，也许可培养"的念头。

　　文人吃菜不可无酒，而鲁迅在西装革履、咖啡盛行的时代，却仍是一袭长衫，"松风竹炉，提壶相呼"，一杯清茶的习惯从未更改过，对于酒，只是浅尝辄止，"多半是花雕"。

　　世人皆道鲁迅先生伟大而耿直，却未曾想过，先生的"朝花夕拾"却也是从舌尖上开始的。

胡适盘中餐

提到鲁迅先生，不得不提到曾与鲁迅私交甚密的另一位文化巨匠——胡适。据资料考证，这两位文化前辈曾在北京东兴楼相聚过两次，一次是胡适请鲁迅，另一次是郁达夫请胡适和鲁迅两人。此外，胡适也曾受邀去鲁迅在八道湾的住所绍兴会馆吃过饭，他也是去鲁迅家里吃饭的为数不多的客人之一。虽然两位先生后来由于主张不同而分道扬镳，但当时的交情却不容忽视。

胡适大力提倡全盘西化，但与鲁迅先生相同的是，他在餐桌上更倾心于中餐。在家中，他不喝咖啡，只喝绿茶，而且最喜欢吃徽州菜。

胡适是安徽绩溪人，虽然后来移居上海，却一直对家乡菜情有独钟。胡适最喜欢一道叫"绩溪炖锅"的名菜，并经常用它来招待客人，如美国教育家杜威、著名作家梁实秋等。胡适在《我的母亲》中，深情地追忆了熟悉而生动的徽州生活，字里行间表达了对故土和母亲的眷恋，其中也提到了绩溪美食"一品锅"。

关于"一品锅"的由来，可以追溯到清乾隆年间。相传当年乾隆皇帝微服南巡，由九华山去徽州府途中，借宿一农家。村妇将白天剩余的菜肴，按先素后荤的顺序，逐层铺在一口两耳铁锅内，热后端上桌以招待饥肠辘辘的乾隆皇帝及随从。乾隆赞不绝口，并问此菜何名。村妇随口答道："一锅熟。"乾隆嫌其名不雅，略作思索后赐名"一品锅"。自此，"一品锅"成为绩溪徽菜中的宴客佳肴。但胡适更没想到的是，乾隆帝御赐的"一品锅"前面会加上他的名字，成了"胡适一品锅"。

胡适不仅钟情于徽州菜，在京时也与鲁菜结下了不解之缘。有资料考证，胡适在京时常去的饭店有：六国饭店、东方饭店、六味斋、南味斋、长美轩、浣花春、明湖春、济南春等20多家饭店。但去的最多的还是北京八大楼之首的东兴楼，凡是贵客多在东兴楼宴请。据说胡适特别喜爱东兴楼的"油爆虾仁"和"酱爆鸡丁"，还喜欢吃"熘肝尖""炒腰花""干炸小丸子"等山东风味菜。

王敦煌先生写过一本《吃主儿》，其中提到了"吃主儿"的定义，就是吃主儿必须具备"会买、会做、会吃"三个基本要素，缺一不可。而胡适作为文化人，在食材的采购上并不擅长，至于做饭，胡适更是不沾手。不过有意思的是，仅仅算得上是三分之一"吃主儿"的胡适先生却自创了一道至今仍广为流传的菜——"胡博士鱼"。"胡博士鱼"名号虽然响亮，其实也只不过是将鲤鱼切丁加三鲜细料熬制的鱼羹。这道简单的汤羹纯粹是因为胡适首创而闻名。

（摘自《读者》2015年第6期）

我总能遇到一些可爱的人

林语尘

赏花人

红花羊蹄甲是我很喜欢的南国花木，朴素，繁茂，还很香——香得毫不甜蜜，有肥皂的洁净感，十分特别。我家附近的一条路上栽满这种树，春节前后花朵盛放，紫红色的落花混入鞭炮的红纸屑，行人过处，暗香满路。环卫工人每天都要将落花扫走，不然路面很快会被碾出一层花泥。

一天傍晚，我和母亲经过那里，地上又积了不少花。我说着"好看"，并停下拍照，母亲也兴致勃勃，帮我寻找花瓣更密的地面。忽听人说："好看吗？我看过更好看的！"抬头看到一位环卫工人，把竹扫帚倚在树上，冲我们笑。

他略显生疏地翻着手机相册给我们看。照片很模糊，都是凌晨天色未明时，路灯昏黄、遍地花瓣的场景。有几张照片，主体是顶着厚厚落花的一对垃圾桶，他指着垃圾桶乐呵呵地说："马桶开花！"不知是口误还是什么地方特有的俗称。

我们谢过他，走开时都挺高兴。我跟母亲讲起以前读到的故事，白居易当地方官，在城外种了很多花树，一春好景，当地人却不来赏花。他独自流连其间，很陶醉，很自在，但多少有点儿失望，觉得世俗之人，怎么都这么没有情趣。我说："真想让他跟今天这位环卫工人喝一杯。"

饲　猫

居民区的野猫不少，喂猫的人好像更多。

玉簪花圃里，去年秋天有两只奶猫，姜黄皮毛，小小的两团，在雪白的花下打滚儿晒太阳，像郎世宁的画。附近有阿姨一天三次拎着饭盒来喂，寒来暑往，奶猫长成了满脸横肉的"糙汉猫"。

母亲有时会盯着我感叹："长得太快了，小时候没多给你拍些照片，真可惜。"我就撒娇："难道我长大后就不可爱了吗？你不喜欢现在的我吗？"但是看看猫，我明白了她的遗憾。

有一天，我看见野猫钻进快递车半开的门缝。快递员在车边忙着分拣，只扫了一眼便不管它，像老熟人。猫好像在说："今儿个够冷的，我上你的车里焐一焐，你忙你的。"快递小哥痛快地答应了。

附近还有一只玳瑁色的猫，一副烟嗓，叫声格外沙哑。时常见它趴在井盖上，我若蹲下拍照，它便主动走来，显然也是常被投喂的主儿。我两手空空，每每在它期待的注视中窘迫而逃。

某个加班的深夜，我看到有人跟它在一起，背着包，大约也是晚归的工薪族。那小哥捧着从便利店买的包子，没有刻意蹲下去喂猫，就站在那儿，自己吃一口，给猫丢一块。

邻居阿姨喂猫，像喂幼儿吃饭；他喂猫，像跟朋友喝酒。一人一猫，无声地推杯换盏，画一样镶在空寂的夜色里。

遗 憾

我们那儿的腌橄榄是用箬叶包着、细线捆扎的，看着就像一条条麻花辫子。朋友给了一扎，我早晨出门顺手拿着，打算带到办公室分发。

进电梯就被不认识的老奶奶沉默地凝视，我不明所以，冲她笑笑，有点儿尴尬地坐完了电梯。没想到出小区短短几百米路，又收到许多爷爷奶奶相似的目光。终于有一位阿姨过来问："你拿的是茶叶吗？"

我说是橄榄。她一脸失望，说以前有这样的茶叶卖，用苞谷皮拧成包装，一颗骨朵儿里装的茶叶量刚好是一泡，又好喝，又便宜。"现在这些好东西都没有了。"阿姨说。

我想起一路上遇见的目光，原来他们欲言又止的原因是这个。"好东西没有了"——我虽没见过阿姨说的那种茶叶，但能懂这句话。这种遗憾好像是永恒的，每代人，每个人，都有相似的感叹。

（摘自《读者》2022年第15期）

华丽不要你知道

潘向黎

聚会时，一个朋友戴了一顶帽子，外表看上去是非常朴素的帆布帽，脱下来里面却是漂亮的丝绒衬布，金色的。帽子的品牌我不知道，但是那一瞬间我真的有点儿惊讶，觉得在普通的外表之下，一顶帽子竟然这样有光彩，会不会是主人性格的写照？我不禁对着他多看了两眼。而这位仁兄将他的帽子捏成一团，满不在乎地塞进背包，等到告别的时候再拿出来戴上，却不见一丝皱褶。它真是能屈能伸、本色不改啊。

一款男装长裤，面料是色泽暗淡的厚棉布，不知道是水洗的还是磨砂的，反正做旧做得很地道，但是穿起来不一般。原来它的衬里不是冰凉的羽纱或其他滑溜溜的化纤材质，而是全棉的绒布，细腻厚实，与肌肤相贴时的触觉一流。那种绒布是大地色系格子纹样，看上去和外面的料子既有反差又很和谐。这份视觉和触觉上的华贵虽然只有主人自己知道，但是正因为如此，它的华贵，是真的。

看见一个女孩的结婚戒指，铂金的，除两道细线之外毫无装饰，虽然简洁但似乎太单调了。听见我这么说，女孩笑着说："戒指上有一颗钻石。"

钻石？没有发现啊。女孩像怀揣着一个秘密那样地笑起来，摘下她的戒指，递给我说："你仔细看看。"我仔细一看，有了！原来在戒指的内侧，开了一个小小的窗，里面就镶嵌着一颗钻石。钻石内藏，这不是跟明珠暗投一样可惜吗？这是我的第一反应。再一想，不禁和女孩一样微笑起来。

钻石这样的东西，它的价值在于它的贵重和耀眼，现在偏偏将它藏在里面，只取其贵，不取其耀眼，显然是不需要它跳出来引人注目，只要一个人心里明白就可以了。也许这是一份很好的爱情宣言吧——我们的爱情，像钻石一样美丽和珍贵，但是只要我们两个人知道，不需要张扬，更不需要在别人那里求得认同。设计者真是很有慧心和幽默感的人，与大众通常的思维不同，他别出心裁的设计，让相爱的人共同拥有了一个璀璨的小秘密。

人们拒绝粗糙和潦草，但是固有刻板的金玉其外已经让人厌烦，甚至令人产生败絮其中的怀疑，于是人们的审美品位变得多元起来。因为讲究，所以一定要平凡其表，金玉其中，一定要把华丽藏起来。

因为真正的有原则，因为真正的爱自己，因为真正的自信，所以，我的华丽不要你知道。

但是，藏起来的华丽毕竟不容易引起注目和共鸣，那么内里的高贵和优雅会不会有些寂寞？应该会吧。但是这样的寂寞，也许正是浮华和虚荣的解毒剂。

（摘自《读者》2022年第1期）

史湘云和林黛玉的各自孤独

王　路

　　《红楼梦》里史湘云有一种"择席之病",不在自家的床上就睡不着。因为这点,我很喜欢史湘云。

　　有时候,你搞不清楚一个人是不是在伪装。一个人想要伪装成什么样子,伪装得久了,就会弄假成真,真变成了她想要成为的样子。如果你不明就里,不晓得她这种气质从何而来,对她的理解就会浮光掠影,流于表面。

　　那个大嚼鹿肉的史湘云,给自己的仆童取名为"韦大英",自诩"是真名士自风流"的史湘云,看不惯林黛玉小性子的史湘云,在很长一段时间里,并不让我觉得可爱。我曾把她理解为天生有男子气概的姑娘,以为她的开朗和豁达只不过是天性使然,禀赋如此。直到许多年之后,我在异地的一座旅馆里,夜不能寐的时候,重新想到史湘云的择席之病,才恍然发觉,她并不是我多年来想象的样子。

要理解一个人,不可单看她在和人相处时表现如何,还得看她在独处的时候如何。她面对世界时表现出的千种万种,也许都是包裹在心之外的面具。而那颗敏感脆弱的心,一直没有袒露。

在客居的寂寥之夜里,当一切纷扰都被漫长的夜过滤掉,再也不需要面对人事纷纭的时候,史湘云失眠了。这不是一个磊落豪爽的大丈夫应有的一面。这种人应该像刘伶一样,大口吃肉,大碗喝酒,天地间没有一处不是屋室,四海随处可以为家。为什么会在绣榻锦衾中,听无尽的更漏呢?

这是一个从小就失去父母的孩子,是从小就尝过人世间苦楚的孩子。她本是一个敏感脆弱的姑娘——没有哪一个能写出好诗的人不具备一颗伤春悲秋的心。她的身世遭际将她向嗟悼生平的路上猛推了一把。她本会变成林黛玉那样敏感伤情的人,但她拒绝了。

她要与上天施予的身世命运顽强地抗争,她要让自己呈现出豪爽豁达的样子。所以,她才成了众人眼中那个身着男装、英姿飒爽、口无遮拦的史湘云。可她内心最深处的敏感和孤独并没有被彻底祛除。于是,在寄人篱下的床榻上,中宵的无眠出卖了她。她到底还是个敏感脆弱的小姑娘。

史湘云一开始最看不惯林黛玉的小性子,因为她拒绝成为林黛玉那种人。那在她看来是一种软弱,一种妥协。但后来,她终于和林黛玉成了很好的姐妹,也开始理解,林黛玉的伤春悲秋未尝不是一种抗争,只是那种抗争来得比她的要隐晦一些。

在贾家马上就要没落的那个中秋节的夜晚,众人都散去了。林黛玉和史湘云在凹晶馆联诗。史湘云极赞"凹晶""凸碧"两个词拟得好,"不落窠臼"。林黛玉说:"实和你说罢,这两个字还是我拟的呢……谁知舅舅倒喜欢起来。"《红楼梦》里处处布有伏笔,我始终以为,林黛玉的舅舅,也就是贾政,才是整部《红楼梦》里文采最好的人。

总之,到这时,史湘云才慢慢读懂林黛玉的孤独。史湘云联曰:"寒塘渡鹤影。"林黛玉联曰:"冷月葬花魂。"你看,在一起的两个人,未尝不是各有各的孤独。唯有孤独的心,才可以相互慰藉。但无论如何慰藉,也遣不散各自的孤独。无论有多少孤独的灵魂聚在一起,孤独也不会消散。无论是否有酒,有佳肴,有四海的高朋,有满座的笑语。

《红楼梦》里面最热闹的一幕,是群芳为贾宝玉过生日,齐聚怡红院,即《寿怡红群芳开夜宴》一回。但愈热闹的欢聚,愈衬托出无限的悲凉。湘云掣出一支写着"只恐夜深花睡去"的签,临到宝黛二人喝酒,宝玉瞅人不见,悄悄递与芳官,而林黛玉则趁人不备,把酒倒在漱盂里了。可见林黛玉终究是不能与热闹为伍的。任是多么热闹的场面,也无法把黛玉融化。

林黛玉永远不喜欢热闹的场面,贾宝玉总想留住夜夜笙歌的场景,借众人的欢声来驱走孤独。可林黛玉比他明了得更彻底,林黛玉知道有聚终有散。在宝玉还恋恋不舍的时候,林黛玉说:"我可撑不住了,回去还要吃药呢。"

也许医治孤独的办法只有一个,就是疾病。病痛的长年陪伴,或许是林黛玉并不会在一个人时感到分外孤独的原因。林黛玉驱遣孤独的方法远比史湘云的来得隐晦。湘云寄情于人、寄情于事,黛玉则直接寄情于物、寄情于泪,所以有葬花,有题帕。

李太白诗曰:"醒时同交欢,醉后各分散。永结无情游,相期邈云汉。""永结无情游"五个字,也许是黛玉和湘云孤独灵魂的最好写照。

(摘自《读者》2022年第13期)

老爸叶兆言

叶 子

老爸今年六十五岁,到了退休的年纪,却没有一点停止工作的意思。我忍不住想,如果老爸一开始没有写作,干别的也一定会发光发热。爱工作,是上天赋予老爸的特殊命运,他是工作的使徒,总在服从工作的召唤。

我四岁是他人生的重要节点。我爸常说,全托是世界上最好的地方。当然四岁的我一点也不喜欢,我入睡极难,隔壁床的小孩儿被接回家的日子,我更痛苦加倍:为什么被接走的不是我呢。二十世纪八十年代,我爸分到了人生中的第一套房。他和我妈兴冲冲地装修,锈色地毯,天鹅绒窗帘,可以上下调节的客厅吊灯,古董唱片机,用小件名额买的日产微波炉,甚至还偷偷装了一个窗式空调。邻居上门收水费,看见黄澄澄飞碟一样的灯罩,都啧啧称奇,我爸为此很得意。我喜欢把这两件事情连起来讲。我和都柏林的小乔伊斯，和卡尔夫的小黑塞，和那些我喜爱的伟大小说家一样，在童年的寄宿学校抹眼泪，而我的小说家老爸，却像忘记了雏鸟的喜鹊一样，只知道和雌鸟浪漫筑巢。

我爸一秒钟也不会认可这样的叙事。我四岁时是他人生的重要节点，那一年他发表《枣树的故事》，在写作上站稳了脚跟。幸亏有全托，让他在写作力最旺盛的时候，能专心写作，也因为全托，我学会了力所能及地照顾自己。坦白地讲，老爸的潇洒日子也就只到我幼儿园毕业而已。我妈上班早出晚归，我上的小学不管午饭，这让他十分头疼。我们靠家门口的出版局食堂混过一阵子，后来流行盒饭了，四块钱两荤三素，连搪瓷饭盒都不用洗，我爸简直绝处逢生。那时候，还没有人在意环保，都感觉发泡餐盒才是美味的标志。酷暑的正午，路面烫得晃眼，旧时法国使馆洋房的窗台凉篷投下窄窄一排间断的暗影，老爸穿跨栏背心，引我从一个阴影跳进下一个阴影，做游戏一般往家赶。他急于开始下午的写作，一到家，先爬上书桌，踩在486电脑后面不到半个脚掌的桌面上，伸手去转空调的旋钮。因为电压不稳，那空调能否送风全看运气。

有一段时间小学扩建，改成只上半天课，我回家朗声宣布，老爸在饭桌上听了抱头惨叫。另一次令人印象深刻的惨叫，是他修洗衣机时没断电，赤脚站在我妈刚拖过的地上。我在家，要他带，看到那情形，简直和自己身体过电一样瞠目结舌、毛发竖立。

我明明是全托长大的小孩儿，但事实上和我爸相处的时间，却比大多数人都多得多。我的大多数生活技能和全托毫无关系，都是我爸随手教会的。他无数次向人炫耀，我跟他学游泳，一周后就能游一千米。在教我这件事情上，他贪图高效实用。三年级布置实验，我和伙伴们躁动不已，嘴上讲燃烧的必要条件，一心只想去后山放火。谁知我爸出现了，大拍胸脯：燃烧还不简单。我和伙伴们就这样被困在了院子里，隔着纱窗，我妈一面热火朝天地烧菜，一面照我爸的指示，递出火柴、医用钳和湿答答的酒精棉球。回想起来，那天真叫人沮丧，一群小屁孩儿逗留在一小粒焦黑的棉球旁，明知我们的延宕没有意义，却不得不对这一场简陋、敷衍，几乎毫无用处的实验做出点惊叹的样子。

有一个不用上下班，寒暑假也天天在家的爸爸，让我深受伙伴的同情。之前我对这同情一知半解，觉得明明是我爸更惨才对，我爸才是"自然"课作业的受害者。我不过是养了一两条蚕，统共产了巴掌大一块蚕卵，谁知在桌上晒了两天，就孵出上百条幼虫。我还把装幼虫的竹簸箕打翻过，害得老爸匍匐在地，用筷子尖捡线头大的褐色小蚕，一边捡一边骂我。几天后，上百条胖蚕就躺满了我们家的客厅。今天回想起"蚕食"的场面，耳边还响着沙沙声，刚铺满的碧油油的桑叶，一眨眼就变为黑黢黢的蚕屎。为了采到足够多的新鲜桑叶，老爸例行的玄武湖边散步，从每天一小时变成两小时，又变成三小时，到家时灰头土脸，仿佛务了一天农。他成了蚕宝宝的月嫂，白天采桑叶倒蚕屎，半夜里也要"起视蚕稠怕叶稀"。这么多蚕最后结了整整一麻袋茧，怕破茧重生，再飞出来下卵，老爸狠狠心，送给邻居炸蚕蛹去了。

大多数时间，他在家默默写作，我在家默默写作业。我要听张信哲，他要听蔡琴。我看五分钟《新白娘子传奇》，他就如坐针毡，搞不清楚状况，怎么唱"爱如潮水"那个是男的，演"许仙"的反倒是女的。我们互相看不上，我对他复杂的欣赏体系，其实也似懂非懂。经典名著大概也不比"白娘子"好看多少，我翻两页《红楼梦》或者《复活》，他又说看这些太早，浪费时间。他没事也和我讲讲李尔王、高老头、冉·阿让，都是些惨得要命的老爸。那时候，文学远不如作业重要。逢大小考试，我一紧张，老爸就比我更紧张，那焦虑的样子，简直不像个写小说的人。他从不说考不好也没关系，也不说世界很大你要多出去看看，更不会说你喜欢做什么都可以。偶尔，讲一两句洒脱话，反而更让人不敢懈怠。对我，他只讲最质朴的人生道理：要工作，要有效率，要把一件事情做完。

如今，我女儿也快四岁，我虽然始终未学会老爸超人般的勤奋，不过，倒也常常发愿，想狠心把女儿送去寄宿。而早年间急于摆脱我的老爸，今天在同一个单元里和我做了邻居。他和我相隔一碗汤的距离，还常常摆脱不了要帮我带女儿的苦役。

几十年如一日，我们依然每天散步，他依然擅长寻找躲避阳光的阴凉处，认得清路过的每一棵树。写东西受干扰，他就发些奇怪的牢骚，没头没脑，说什么《憩园》竟然是巴金用毛笔蘸着茶碗盖写的，怕洇只能用很浓的墨。我毕竟学了那么多年的鲁郭茅巴老曹，便搜肠刮肚想与他对答，但他大概没有听到想听的话，很快就开启了别的话题。我只管跟随他走，虽然我们也走不太远，但左走走，右走走，就几乎每天都有新路。

（摘自《读者》2022 年第 22 期）

物尽其用

蒋 韵

我奶奶是穷人家的长女,下面有五个弟弟,活下来的却只有两个。奶奶的父亲,大约是城隍庙的庙祝,管香火,也做杂役,所入不丰。奶奶和她的母亲,还要给人浆洗衣衫来补贴家用。冬天,天寒地冻,西北风刺骨,她们娘俩到河边,砸开冰凌洗衣,母女二人手上都是血淋淋的小口子,手指肿成了胡萝卜,浸在冰水里,疼得钻心。那河是什么河?惠济河。惠济河是古汴河断流后,在它的故道上人工开挖出的河流。"汴水流,泗水流,流到瓜州古渡头",诗意而伤怀。那是别人的汴河,不是我奶奶的。奶奶的汴河,惠济河,是一家人的生计,是不管多苦多疼,也得忍耐的闺阁时期。

嫁进孔家,日子好过多了。孔家远比奶奶的娘家殷实、富足。奶奶的丈夫,是孔二先生,他的发妻亡故后,续娶了我奶奶。奶奶嫁过来,跟着孔二先生,去中原某县赴任,他做了地方上一个小官——警察局局长。

生活的好转，并没有改变我奶奶崇尚节俭、惜物敬物的态度。在她眼里，"抛米撒面"是要下地狱的罪孽。她一生不挑食，唯独不吃牛肉，是因为"不忍"。牛辛苦一生，结局不应该是被宰割烹煮。每逢杀鸡，她嘴里总是念念有词："小鸡小鸡你别怪，你是阳间一道菜。不怨你，不怨我，怨你主家卖给我。"她敬畏、尊重世界的秩序，相信万物有灵。

我奶奶有一道保留菜式：假鱼肚。这是一道大菜，逢年过节才上桌。食材其实很平常，就是猪肉皮，但做法特别费时，远非一日之功。首先要风干猪皮，平日里做菜，剁馅，剔下来的肉皮，随手挂在厨房墙壁上，或是屋檐下，一春，一夏，一秋，让它们慢慢风干，不急不躁，不慌不忙，一条一条，积少成多。到腊月里，年根儿下，时辰到了，找来一只大盆，把风干透彻却也是浑身蒙尘的肉皮集合起来，烧一大锅滚烫的碱水，倒进盆里浸泡一天一夜，就像发海参。然后就是一遍一遍地反复清洗，每一条每一块，都要用刷子刷，用镊子拔掉毛根。然后，把它们切成合适的大小，控干水分，烧一锅热油，炸。炸到猪皮表面金黄起泡。这是最具技术含量的一个环节，油温几成热，起泡的程度，肉皮的色泽，全凭人的经验。接下来，要用砂锅吊一锅好汤，鸡汤、骨汤都可以，把炸好的猪皮下进去，和火腿、蛋饺、面筋、玉兰片等食材文火慢煨。最后，端砂锅上桌，热气腾腾的什锦假鱼肚就算大功告成。这菜，其实就是北方的全家福，福建的佛跳墙一类，是节庆的菜肴，有喜气。

除夕的年夜饭，两房人是要在一起吃的。主妇和女佣各显神通，而什锦假鱼肚是必不可少的保留菜式。当然，做假鱼肚的，一定是我奶奶。那是她所信奉的宗旨：物尽其用。从浑身蒙垢的一块猪皮，到华丽的什锦大菜，这其中的奥秘，就是我奶奶和这世界相处的方式。

（摘自《读者》2022年第10期）

团圆饭
陈 峰

"腊月二十四，掸尘扫房子。"母亲用竹竿绑了一把扫帚，扫帚一下子通了天，像孙悟空大闹天宫。母亲擦玻璃，我用扫帚东撩一下西撩一下，够不到的地方，就踩在凳子上，灰尘纷纷扬扬地飞下来，一道太阳光从窗外照进来，照得一粒粒的灰尘手舞足蹈，幸亏母亲事先用手绢包住了我的头发。

母亲拖地，我负责去河里洗拖把，一趟又一趟，直到把水泥地拖得发光。

"还是生女儿好啊，她那两个哥哥就连黄狗也追不上，不知哪里去了。"母亲在河埠头跟人感叹，这话让我心里暗笑，又得意。掸尘后贴春联，每道门上贴着大红的春联，墙壁的空白处贴上年画，有大胖娃娃抱着鱼，有王昭君抱着琵琶，有宝黛共读《西厢记》，窗格子上贴着"福"

字或者窗花，把屋里映得亮堂堂的，真是既喜庆又好看。

家里收拾得锃亮后，母亲在接下来的一个早上，早早地起来，开始生火烧水，开水"突突突"地翻滚着，厨房里雾气腾腾。父亲杀鸡，把鸡脖子上的毛一扯，干脆利落，一刀下去，鸡没来得及啼出声来，血便滴在白瓷碗里。

门口的河埠头，大家蹲着，边说边洗，交流着各种信息，你家有没有谢年啊，你家杀了几只鸡啊。我拎着鸡等着位置空出来。

父亲说谢年和祭祖是一年当中最为隆重的家庭祭祀活动，表达人们对大自然的感恩之情，祈盼来年吉祥。我的两个哥哥这下要出大力了，"哎嗨哎嗨"地把八仙桌抬出，放在靠近大门口的厅堂，按照"横神佛，直祖宗"的规矩摆放。"横"与"直"指的是桌面的木纹路，祭祀神佛的桌子是横着摆放的。母亲说："这可不能摆错，要照老规矩办事，说不定什么时候横财就会飞进家门。"祭祀祖宗的桌子是竖着摆放的，孝敬祖宗自然要工工整整，不可乱了方寸。八仙桌上放着三只红漆木质祭盘，分别盛着三牲：猪头、全鸡、鲤鱼。猪头是"利市"，吉利。全鸡是公鸡，身上戳一把刀，昂首跪在祭盘中，口含一根葱，头朝门外，表示金鸡报春，恭迎神明。蒸熟的鸡血、内脏各放一边，请神享用。鲤鱼是活的，用红线穿背，红纸贴眼，悬于龙门架上，表示年年有余和鲤鱼跳龙门。除了三牲还有五鼎，是花生、黄豆芽、芋艿、香干、麸等五种用清水汆熟的素菜，外加一盘豆腐、一碟盐。供桌上还放着一盘年糕、三杯茶、两碗饭和十二盅酒。

母亲清清楚楚地记着这一切，父亲不是忘了这样就是忘了那样，母亲就数落父亲跟小孩子一样只知道吃不知道做事。父亲说不过母亲，只好拿好话夸母亲。

祭祀仪式结束后，父亲捧着鱼，带我们去河边放生。揭去红纸的鲤鱼，糊里糊涂，像是活了过来，本来死了心，以为要成为桌上的一道菜了，没想到还能回到河里去，不禁感激涕零，眼睛水汪汪的，跟我们一一告别。

这天晚上吃的是汁水年糕汤，舀上几勺煮鸡和煮猪头的汁水，待水煮沸，放入切好的年糕，水滚起，再放些许青菜。年糕汤是用来当晚饭的，母亲不会限量，闪着油光、白是白、绿是绿的年糕汤，一口气吃上三大碗，直到吃撑了肚子，边打着饱嗝儿，边嚷着"汁水年糕汤一镬，吃得小舌头鲜落"。

谢年后是祭祖，八仙桌就摆在厅堂，按木纹直向摆放，跟谢年的摆法相反，供桌的三边摆放酒杯和筷子，都是平时见不到的好菜，大鱼大肉，碗数成单，摆满一桌。点燃香烛后，父亲念念有词，合掌，请祖宗大人来吃年夜饭，并请祖宗大人保佑全家健健康康、太太平平。母亲叫我们许愿，我们收起平常嘻嘻哈哈的模样，正正经经地整个身子扑倒下去，跪拜在祖宗面前，一磕头二磕头三磕头，默念心愿。

那时候，母亲真是忙，忙好谢年祭祖，还得给我洗过年澡。母亲把家里最大的木脚桶放在厅堂中间，叫我把浴罩拿出来。浴罩是一顶尼龙做的罩子，淡蓝色的，很大且很长。浴罩从房顶上挂下来，把木脚桶罩在里面，木脚桶里倒进一桶桶的滚水，浴罩内热气氤氲，外面的人什么也看不到，只闻其声不见其人，真有趣。我脱了衣服跳进桶去，水烫得我龇牙咧嘴，像一只跳虫，跳来跳去，母亲抓不牢我，一按我，我就跳起来，大呼小叫，路人经过，在门边伸进头探一下，母亲笑说："在褪猪毛哩。"

三十年夜说到就到了，这一餐的菜肴很丰盛，母亲把春节待客的猪肉、鸡肉等菜留足，剩下的就在三十年夜吃。父亲喝着黄酒，我们吃着肉，满嘴的油，抢着给父亲倒酒，给母亲盛饭，真是少有的畅快。

酒酣处，父亲摇着头哼起了小调："第一只台子四角方，岳飞枪挑小梁王，武松手托千斤石，太公八十遇文王。第二只台子凑成双，辕门斩子杨六郎，诸葛亮要把东风借，三气周瑜芦花荡……"

此时，我们兄妹仨站在门边量身高，对比去年的刻度，分享着长高的喜悦。我们吃着瓜子、花生、年糕干，和父母一起守岁，讲那些关于年的民间传说和对来年的美好期盼。父母说什么就是什么，我们说什么也是什么，欢欢喜喜，压岁钱和新衣服都压在枕头下，一双新棉鞋并排放在床边，米氅里的米是满的，水缸里的水是满的，灶间的柴火也堆得满满的，什么都是满满的。忙碌了一年的砧板和薄刀（菜刀）在灶台上呢呢喃喃，水桶和扁担在壁角交头接耳，扫帚和簸箕在地上也是款款深情。那佛龛里供奉的神像端坐在自己的位置，白天受祭祀的神灵和菩萨静坐在我们看不见的地方。

明天，可以拥有新的衣服、新的岁数，我摸出压在枕头底下簇新的压岁钱，簇新的五角纸币散发着一股油墨气，棱角像一把刀，能把手割出血来，扇一扇，闻一闻，再心满意足地放回去。睡意像潮水一样，一波又一波地涌上来，终于淹没了我。

每年的除夕，我都想等待，等待十二点钟放的开门炮，但是我每年都是等着等着就睡着了。父亲说，十二点，家家户户都放开门炮，比赛一样，一家比一家放得响。

大概天上的菩萨也喜欢热闹，听到"噼里啪啦"的鞭炮声，心里高兴吧。

（摘自《读者》2022年第4期）

不说再见

陈年喜

大半生里,我们有过不少于一百场离别,但从不说再见。

我们初见于饥饿的童年,那时村子正处于我们所经历过的岁月中唯一的鼎盛期,有六十来口人,到了夏天,庄稼铺得无边无际。打麦场上,你跟着一群孩子绕着麦堆疯癫,扎一对小辫,穿一件碎花小衫。那一天,天热得凶狠,知了的叫声在树上连成了长调,和大人们密集的连枷声纠缠在一起。

我和一群大孩子放学回来,站在场边看着你们疯。疯是童年唯一的快乐。一群年龄差不多的孩子里,你个头最小,但最灵巧,像一只燕子,总是超越前面的人。突然,脚下一滑,你摔倒了,膝盖磕破了皮。我把你从地上牵起来,我看见你眼里闪过一串倔强的泪花,你揪了一下我的头发,转身往家里跑去。我知道你家在另一个垭口,你一定是第一次见我。那一年，你五岁。那一刻，我们还不懂得说再见。

……

二〇一五年四月十五日，十三朝古都西安繁花似锦。在西安交通大学第一附属医院，小巧的护士长拿着册子通知说："今天手术，现在给患者洗一洗澡。"

洗手间也是浴室，有一面长方镜子挂在墙上。淋浴的龙头很无力，细水淅沥。你在我头上身上打了肥皂，手势缓慢而有力。这是一双拿了三十年锄柄的手，数不清的日子和生活，被它们抓住，又从指缝中漏走了。一个女人最美的青春被这双手撒在了阴晴圆缺的风尘里，被风吹尽了。在镜子里，我看见你一脸凝重，你像对待一件器物，一丝不苟，不放过任何一点隐蔽的地方，最后，你又打了一遍香皂。

时间到了，我拿着自己的资料袋，走向一道白色的门。门内，人影匆匆，左右各有一条长廊，长得仿佛没有尽头。我知道，这里通向重生，也通向死亡；通向希望，也通向失望。

门无声地关上了，那一瞬，我转过身，向门外所有的人摆了摆手，他们不认识我，但我知道他们会为我祝福。

此去山高水长，路途迢远，我不知道能不能回来，但我知道一定有一个人，在那道门外飘啊飘，像一缕细小炊烟。

昨天夜里，你打来电话，说老房子要被拆了，你说你用手机拍下了一百张照片，作为纪念，也作为道别。高塬，峡河岸上最小的村庄，一个仅有二百来年人居纪录的村子，即将消失。从此天涯路断，我们将没有故乡也没有故居了。

命运里，对于事物，对于亲人，对于过去与将来，我们从不说再见，意识里，再见有时预示着不见。放下电话时，我们都没有再说一句话，我们没有离别，故相见永在。至于正灰飞烟灭的三分故园，相见更是必然，不过那将是时间的另一面。

不说再见！

（摘自《读者》2022年第14期）

厨师的书法

周华诚

老余炖的汤瓶鸡,一绝。

我千里迢迢从北京过来,一定会赶到老余的小饭店里吃汤瓶鸡。小饭店在大山深处,国道边上,一路七弯八绕,才能在那里吃上一顿。

老余肚里有故事。有时候,你真说不好那些食客来这里,到底是为了吃老余做的汤瓶鸡,还是为了听老余讲故事。

但老余最好的本事,在书法上。40年前,老余还是小余,小余是村庄里小学的代课老师。在教孩子们识字的时候,他认识到把字写好是一件很重要的事,于是开始练字。后来,他出门打工谋生,不得不把手中的毛笔放下了。

老余1985年回到老家,跟妻子一道,在镇上开了一家饭店,名曰"春燕"——春天的燕子飞回来了。就此,老余开启了他作为一名厨师的生涯。从此以后,锅碗瓢盆、油盐酱醋,老余的日子充满了人间烟火,充满了踏实的幸福感。

几年之后,小饭店挪了地方,转移到百步远的一幢小木屋。老余又把饭店的名字改为"途中",一直用到现在。

我问老余:"'途中',怎么解释?"

老余回答:"活着活着,越来越明白,人生永远在半道上。比方说吧,我菜烧得好,方圆百里,大家都知道我的厨艺不错,但是这就到顶了吗?不可能。山外有山,天外有天。开饭店挣了钱,日子过得舒坦起来,我就可以跷二郎腿了吗?远着呢。人活着,哪里是为了挣钱?一天不干活,我就一天不痛快。那我为什么还要写字呢?这是为了过得充实。写字是我的爱好,是我心里真正喜欢的事。后来我把这个爱好又捡起来了。我一拿起笔,笔墨一动,在宣纸上划拉出笔画和线条来,我的精神就愉快了。你说,是不是我做每件事都是在途中?"

老余见我点头,又说:"你再看看这个'途'字。拆开看就是,余,在走路。这说明我老余,一直是在路上的。这是一种快乐。一路上看看风景,不是很好吗?"

现在老余一有空,就钻进二楼的书房,在那里练字。他一钻进书房,身上烟火气就消失了,有了书卷气,有了沉静气。他临的是王羲之的帖。我问老余:"写字跟做菜,有相通之处吗?"老余说:"异曲同工。做菜要掌握火候,知道什么时候加料;写字要懂得运笔,熟悉笔墨的性情。"

这么一想,老余说得还真对。做菜、写字,道理是相通的。说白了,都得有一种悟性,要对工具熟悉。当你对菜肴与水火的关系,或者对笔墨与纸的关系,了解透彻、运用娴熟之时,这些东西就会成为你表达内心情感的工具。这时,工具不再重要,内心变得重要。

这就是境界，这也是人生。

老余说，做菜跟书法还有一个相通的地方，那就是永远没有第一，也永远没有终点——都是"在途中"。

（摘自《读者》2022年第3期）

通往爷爷身边的路

杨喵喵

我在爷爷奶奶身上看到了爱情最好的模样。

爷爷是急性子,饭菜不合胃口,立马放下筷子不再吃。奶奶就很淡定,我从未见过她跟爷爷翻脸。我曾问奶奶:"怎么没见您和爷爷吵过架?"奶奶回答说:"吵啊,怎么不吵?但是两三句就吵完了。"

爷爷家的院子里有一个铁线架,常常用来晒被子和晾衣服。后来有了我,爷爷就在铁线架的边上额外支出一段,还特意找人做了一个带靠背的木凳,结结实实地拴了一个秋千。此后每年快到夏天时,爷爷就多了一件事要做——安好秋千,换一换环扣和绳索。

很多时候,爷爷带着我在那儿玩秋千,奶奶坐在旁边陪我们,手里摆弄着自己的针线活儿。后来我长大了,不爱玩了,但是爷爷始终没舍得把秋千拆掉,经常指着它跟我讲我小时候的事。

很久以后我才明白，原来奶奶特别喜欢这架秋千，偶尔没事的时候就坐在那儿择菜、剥花生仁……可以说，爷爷是为了奶奶的这份童心才留下这架秋千的。

等我上大学的时候，奶奶已经快80岁了。有一次放假回老家，我一时起了玩心，把自己的耳环摘下来非要奶奶戴上看看。奶奶戴了一会儿，在我刚凑过去要帮她摘耳环的时候，奶奶说："还是让你爷爷摘吧，他都给我摘了几十年耳环了，别人摘，我怕疼。"就那么轻描淡写、很自然的一句话，爷爷奶奶在我面前大秀了一把恩爱。

后来奶奶的身体渐渐不如从前，走动起来一天比一天显得不利落，听力也开始变得不是很灵光，但好在胃口一直不错。

其实，奶奶比爷爷年长两岁。爷爷的身体状态一直很好，这么多年很少打针吃药，所以到后来，是爷爷照顾奶奶。爷爷说："你奶奶啊，就是太要强，以前她还老嫌我洗菜不仔细，现在你们看看，她吃我做的饭吃得香着呢。"实际上，爷爷心里头跟明镜似的。奶奶不想让爷爷进厨房，所以老往外撵他，想让他多歇一歇，不愿意他沾上一点油烟——他最烦的就是那股油烟味儿。

然而，年纪摆在那里，家里人私底下说："唉，别看老爷子目前身子骨这么硬朗，但是将来真有那么一天，这老两口还说不定是谁留下。"

后来，爷爷真的先走了。那一年初秋，他永远地沉睡在那个温凉的午后，很突然，但也很安详。

爷爷走了以后，大家都特别担心奶奶，奶奶却出奇地平静。

有一天，我看到奶奶一个人坐在院子里的秋千上，嘴里似乎在念叨着什么，走近了，终于听清了："往后没人推我了……唉，你说我怎么就没想起来和你好好照张相呢，都怪我……"

奶奶到了这个年纪，看一切事情都变得豁达通透起来。奶奶说，她余下的日子走的都是通往爷爷身边的路，多活一天开心，少走几步也开心……

（摘自《读者》2022年第14期）

越热闹，越孤独

戴建业

天才都很敏感，李白是天才中的天才，所以他的敏感同样是翻倍的，而敏感的人对情感的体验更加强烈。不难想象，李白快乐起来，比我们更加快乐，他要是孤独起来，也比我们更加孤独。

所以，他的快乐写得很神，他的孤独也写得很绝。

有位大人物说过："天才从来都是孤独的。"杜甫在《不见》中说："世人皆欲杀，吾意独怜才。""世人皆欲杀"，可见李白多孤独，即使不是举世无知音，最多也只能算有杜甫这一个朋友，至少杜甫是这样认为的。至于李白是不是这样认为就无从知晓了。

李白有不少诗表现孤独，比如《独坐敬亭山》："众鸟高飞尽，孤云独去闲。相看两不厌，只有敬亭山。"

孤独不好写，比如你感到孤独，你怎样表达出来呢？至于我，除了嚷嚷"我好孤独，我好孤独"，再想不到别的表现手法，可叫嚷"我好孤独"，不仅难以让人感动，还会让人讨厌——谁喜欢身边的人天天哭诉呢？现在我们把这叫"负能量"。

李白不一样。"众鸟高飞尽，孤云独去闲。"是说所有鸟都讨厌他，看到他就掉头飞走；所有的云彩好像也讨厌他，头顶那朵孤云也不愿意跟他为伴，悠闲地飘走了。

"相看两不厌，只有敬亭山。"他说："会飞的鸟儿飞走了，能飘的云也飘走了，敬亭山老兄啊，现在只有你不讨厌我，我也不讨厌你。"为什么敬亭山不讨厌他呢？因为敬亭山跑不了。

云是"孤云"，可它宁愿孤独，也要远远地躲开李白，不愿跟李白在一起。所有能动的东西都走开了，只有敬亭山还在那儿与他面面相觑，他觉得敬亭山格外可亲、格外可爱，他只与敬亭山有精神交流。他和敬亭山越是"相看两不厌"，就越表明他厌恶俗人，俗人无疑也很讨厌他，这也就越表明他内心的孤独。清代著名诗人黄景仁，特别崇拜李白，他不也说过"十有九人堪白眼"吗？

与敬亭山"相看两不厌"，这样一种奇妙的感觉，大概只有李白才有，后来的辛弃疾"我见青山多妩媚，料青山见我应如是"，或许是受到了李白的影响。

不妨拿柳宗元的《江雪》来做比较，《江雪》也写孤独，也是古今第一流的好诗。柳宗元一生孤傲，可不是一般的人。中唐有几个人很厉害，柳宗元、韩愈、刘禹锡、白居易，真是有一点大国气象。他们虽然没有李白那么厉害，但每个人都非常有个性、有学问、有才华。

"千山鸟飞绝，万径人踪灭。"天气非常寒冷，没有人影，不见鸟的踪迹，但偏有不怕冷的"孤舟蓑笠翁"，此时此刻，他居然"独钓寒江雪"，读起来全身冷飕飕。这首诗多么冷峭、孤傲,"蓑笠翁"是柳宗元的化身。他被贬到永州,但他没有低头,准备东山再起,他不服输。

两首诗都很好,但是风格不一样。柳宗元写得孤傲、冷峻,李白则飘落天外,精神固然孤独,风度神采却极飘逸,读他的诗感觉非常奇特,所以人们说李白是谪仙人,除了因为他信道教,还因为他的想象力真不是一般人能比得上的。

《月下独酌四首》第一首,是李白另一首表现孤独的名作,它比《独坐敬亭山》更为人传诵:"花间一壶酒,独酌无相亲。举杯邀明月,对影成三人。月既不解饮,影徒随我身。暂伴月将影,行乐须及春。我歌月徘徊,我舞影零乱。醒时同交欢,醉后各分散。永结无情游,相期邈云汉。"

"花间一壶酒",他总是把气氛营造得特别好。在花间品酒,地方好,格调高,气氛足,原以为他要痛饮一场,岂料突然反转,来一句"独酌无相亲",有香花,有美酒,有良辰,却没有知音。"无相亲"的孤独,是全诗的情感基调。人们都害怕孤独,阮籍当年就说"日暮思亲友,晤言用自写"。要是举世无相亲,那是多么孤独。

"举杯邀明月,对影成三人。"刚才写得非常孤独,现在又突发奇想,很快就热闹起来了,月亮、李白和李白的影子,不刚好"对影成三人"吗?陶渊明《杂诗十二首》之二说:"欲言无予和,挥杯劝孤影。"陶说:"我想倾诉,但没人想听,更没人附和,只好与自己的影子饮酒了。"李白这两句诗可能是受了陶诗的影响,但他比陶写得更生动形象,更加热闹动人。陶渊明只有他和自己的影子,而李白则是"对影成三人"。他把月和影子都当成了人,可见他多么渴望交流与温暖。

可是,月和影子并不是人,所以"月既不解饮,影徒随我身"。举杯邀明月有什么用呢?明知月亮不知道什么叫饮酒,还要"举杯邀明月",

明知影子随人也是枉然，他晃动影子，晃动的还是自己。

但是他没有办法，还是要"暂伴月将影"。他说，他没有办法，现在只有和影子、月亮一起跳舞了，因为人生短暂，要及时行乐——"行乐须及春"。这个"春"字，在结构上紧承前面"花间"的"花"字。

"我歌月徘徊，我舞影零乱。"李白未必在唱歌，也未必在跳舞，但是他写得特别逼真，把假的写得活灵活现。"醒时同交欢，醉后各分散。"前面十二句，李白写的是孤独，但是写得特别热闹。他越是写得热闹，他就越孤独。

再看最后两句，"永结无情游，相期邈云汉"。他突发奇想，说要跟月亮做无情的、不能交流的结拜兄弟，一直到天国去相会。

这首诗明明是孤独难耐，他偏要写得异常热闹，越是热闹，越是凄凉。明明知道月之无情，偏要与它共舞、与它对饮，可见诗人是多么渴望倾诉、渴望理解。像李白这种非常敏感的人，特别害怕孤独。

我们总是说，一个人太聪明未必是好事，你想幸福就要憨一点，如果你太敏感就未必幸福。我就属于憨一点的人，所以我有时候比较幸福，但我是半憨半不憨，所以头发就白得比较多。

《独坐敬亭山》和《月下独酌四首》（其一）这两首诗，有些共同的特点：首先是人与物交流，以物之有情反衬人之无情；其次是它们充满奇思妙想，特别是第二首，明明只是"独酌无相亲"，却偏偏写得热闹非凡，又是饮酒，又是唱歌，又是跳舞，好像满屋子酒友和舞伴，越是热闹就越显得孤独；再次，这两首诗中的苦闷孤独都被写得旷达天真。

（摘自《读者》2022 年第 20 期）

深冬月照

许冬林

母亲将我叫起来，蒙蒙眬眬中，我穿好衣服。

我们起大早准备去江对岸的荻港街上，母亲要卖东西，也要买东西。那时我才十岁上下。

洗完脸后，打开门，泼洗脸水时，我才发现外面天上地下一片莹白。月亮高得很，被月光照彻的夜气，扑面是柔软的寒。洗脸水被泼在空旷的泥地上，蜿蜒流淌，似乎怕冷一般，仿佛听见它们"咝咝"的叫声——地上的蒙蒙白光似乎被水吃掉了，倏忽间，墨色的水印子里，又灼灼耀着月光。

从我家到渡口，要翻越两道江堤，然后过渡。母亲怕赶不上早班船，所以早早把我喊起来，陪她月下赶渡。

我们热热地吃了点出门，母亲走在后面，我在前面，那是冬天的凌晨三四点。月亮庄严地坐在天上,像看家的祖母,把万物看得规规矩矩,悄无声息。星子如同一朵朵晚秋的小菊,开在蓝色的薄雾里。河堤两旁的小树,叶子几乎谢尽。冷冽的月光下,细弱的枝柯上也都罩着一层茸茸的白,我伸手一碰,都是霜。我脚下的草坡上,枯草稀疏,都躬身在白霜里。小河无声,以月光为衣,低低地沉睡。我和母亲走过静寂的小河,走出静寂的村庄,像走在梦中。我们的脚下,是月光,也是细细碎碎的白霜。

我看看天上的月亮,看看脚下的路,觉得和母亲走在霜地上,也像走在月亮上。

不出十分钟,我们就上了大江堤。江堤上的风,似乎腰身宽大到猎猎撞人,却不见树头摇动,想来是我们在行走中错把迎面的寒气当成了风。月光倒更是亮堂,无遮无拦,仿佛有扑不完的银粉,到处播撒。

蜿蜒长堤,除了我们,没有人影。四野阒寂,人间不像人间。只有我的脸,冰凉柔软,这是落了月色也落了晨霜的脸。我和母亲走在月照之下,走在无边的霜气里,像两粒小小的纽扣,又小又结实又透明。

人世之初,也许未必是盘古开天辟地,未必是伏羲女娲造了各色族人,也许还是如我们这般:一个年轻美丽的母亲,荷载两筐衣食种子,身边跟着一个小女孩。大路平阔,她们一路走来,天地澄澈,十方岑寂。

我遥看我的月光、我的江堤、我的晨霜。一刻仿佛千万年,千万年在此凝结为一刻。

月照之下,万物似乎都被抽去了重量。林木、村舍、长堤……它们立在大地上,像立在宣纸上。而无人的江堤上,母亲的影子小小,我的影子小小,我们也在宣纸上。

我们且走且停,月亮且走且停。偶一抬头看,它依然又高又远,像用繁霜在不断锻铸敲打，洁白清冷。我忽想起妈妈教过的童谣，此间吟来真应景："月亮粑粑跟我走，我到南京讨笆斗，季季刀子割韭菜，萝卜干子喝烧酒。"南京在我们江对岸的下游，此时江水拍打古城，月光笼罩古城，像一首古诗，是那般遥远而悠扬的存在。笆斗是一种柳条编的圆底容器，可盛放谷物等粮食。那时不懂为什么要到南京去讨笆斗，我家的杂物间就有笆斗啊。笆斗不盛粮食时，我和弟弟常常爬进去，坐在里面像不倒翁一样摇晃。我还想，发大水时，我可以坐着它漂浮，它就像远古洪水神话里的葫芦。

童谣里，去南京，就像我们此刻去荻港，也许讨笆斗不过是个由头，真真儿是想赶一个人头攒动、热闹喧哗的早市。

（摘自《读者》2022 年第 23 期）

鸟巢与洞穴

黎 戈

不知是因为上了年纪,还是因为成长在匮乏年代,我发现妈妈的囤积癖越来越严重。

妈妈每天都在研究商场的打折广告,大量购置减价的东西,家里的角角落落都被堆满了。每次我回家,要一路途经米袋、卫生纸、洗衣液、肥皂、饼干,跨越各路杂物,才能艰难地抵达我的书桌。另外,各种废弃物,妈妈也是绝不丢弃的,包括皮和我穿过嫌小的衣服,早就过期的酸梅粉、绿豆糕、蛋挞皮,变形变色已经不知为何物的可疑物,网购的各类包装盒。喝完酸奶的瓶子,妈妈也要洗了收起来,塑料袋也是,家里飘扬着各色袋子。

妈妈偶尔到我家来,环顾四周,叹气说:"很空旷,不像个家,不聚气。"

一开始我嗤之以鼻,指出她落伍的审美观念,并购置了几本日式收纳书向她科普，告诉她提升家居品质的重要性。我妈戴上眼镜认真地看了，感叹说干净整齐，但之后仍然是一个一个洗晾她的塑料袋。

然而，即使舒适度欠佳，空间逼仄，我仍然很眷恋妈妈家。我越来越觉得妈妈家像个洞穴——任何一本建筑史，不管是哪个国家的，介绍古代建筑一般都从洞穴开始。《中国古代建筑史》开篇就是山顶洞人的穴居之处。古代的人类，茹毛饮血、衣不蔽体，最后他们找到了洞穴，躲避野兽和风雨。

古人白天采集野果，搞不准还摸点虫子、抓只小鸟来补充蛋白质。晚上，他们回到洞穴。在洞穴里，他们储存食物、繁衍后代，学会了用火烧制熟食，走向文明。在古洞的墙壁上，留有人类最初的痕迹。世界各地都有出色的洞绘流传。

而动物界，与择偶相提并论的大事，就是筑巢了。一只雄鸟往往要花数月时间，衔来树枝、草和羽毛，辛苦地修建家园。有一些鸟窝漂浮在水湄，以树叶覆盖，躲避天敌；有一些鸟窝用蜘蛛丝拴在树间，像吊床。鸟巢还有带内外间的，有防水隔层的，有大小套房的。这个建房工匠的技术，和雄鸟的毛色、鸣叫声一样，会成为雌鸟择偶的一个指标（人类中，拥有豪宅的"高富帅"，择偶也更容易）。而狼无论到哪里，首先是找地方挖洞藏身。洞里出去的小狼，重返狼穴时，仍然会激动不已，因为那里残留着母亲和兄弟姐妹的体味。

未出生时，我住在妈妈肉身的巢穴里；成年后，我仍然不时返回她帮我遮风避雨的巢穴……洞穴并不是密室，它是开放的、不密封的，可供后退容身，也能让人抽身离开、远去出征、步入光明地带，它可以实现外部与内部的空间对话，也是人与人情感互动的地方。相形之下，那些供短时寄居的场所，比如旅馆、客居处、办公室，更像是桥梁和过道。

再看那些用过的塑料袋、旧衣服、米袋、油瓶，已经不那么碍眼了。它们就是妈妈用来搭窝的树枝和草。我每次回家，都脱了鞋子，换了睡衣裤，爬上床，把书摆一圈，然后掏个洞，坐进去一本本看，好像坐在一棵长满了书的树边，随时可以采摘知识的果实。皮也跟着我养成了这个习惯，一放假就飞奔上床看书。妈妈在灶台、饭桌、水槽环绕的三角地带里，游刃有余、不疾不徐地操刀点火，把烧制好的食物一盘盘端上来，就像一只从容压场的大鸟，而我和皮，真像两只被喂哺得饱足的快乐小鸟。饭后，三个人靠着、躺着、坐着，看各自的书。妈妈文化程度不高，遇到认不得的字，她就用纸抄下来，然后问我。皮看到有趣的段落，会咯咯咯地笑个不停。除此之外，家里静如平湖。这个家，是我们仨温暖厮守的巢穴。

（摘自《读者》2019 年第 2 期）

四十三顶女帽

明前茶

小渊小时候，几乎没过过一家团聚的日子。她的父亲在酒泉卫星发射基地工作了四十年，母亲在上海石库门房子里照料一家老小，同时在一家街道小厂任会计。家累重，父亲的工资又不高，为了养家糊口，母亲还利用业余时间做粗活来贴补家用。她刷洗过牛奶厂的玻璃奶瓶，为小旅馆搓洗粗重的窗帘与床单，还为煤砖厂打过煤砖。

小渊记得，打完煤砖回来，母亲洗头发能洗出一盆黑水，她的指甲缝里都是黑乎乎的煤末，剔都剔不干净。而此时，这位昔日纱厂老板家的二小姐，已经干活干到十个指甲都劈裂了。

母亲毫无怨言。小渊小时候见识过同学父母的各种猜忌、计较、吵嘴，便总感到困惑——自家父母，是怎样在两地相隔、无法相依的情况下，一直保持和谐的？

是父亲为母亲做的四十三顶帽子。母亲患有日光性皮炎，一晒太阳，脸上就会起红斑。偏偏她为养家承担的很多活计，都要顶着日头完成。父亲知晓后，一声不吭，很快托回沪探亲的同事为母亲带回一顶米黄色的草帽。那是父亲找打草帽的老乡学习后，自己用青稞秆编的。为了让母亲戴在头上更舒服，父亲把青稞秆浸水三次，捶软三次，又曝晒三次。

之后，父亲兴致日浓，以一名航天工程师的智慧，为母亲做帽子。布帽子、粗麻帽子、竹丝帽子、软藤帽子……礼物源源不断地从酒泉寄回，或者托人捎回，而帽子，永远是母亲一个人的。这让母亲在逐渐成年的女儿面前都有点儿不好意思。

然而，无病无灾的美好日子总是那么短暂。在父亲即将退休的那一年，母亲患上了阿尔茨海默病。

她还认得父亲吗？也许是认得的。至少，她对这个每天拉着她的手，带她去菜市场、去超市、去图书馆的男人，有着一股莫名的信赖感。

父亲对母亲，已经迁就到女儿们都看不下去的地步。母亲抱怨过饭软饭硬、茶烫茶凉，抱怨过帽子太重、帽檐太大、帽箍太紧。"你看我一戴上帽子，就像孙悟空被念紧箍咒。"偶尔清醒时，母亲还会这样开玩笑。为了母亲的舒适与平静，父亲想尽办法。已经七十岁的他，骑着自行车，跑遍了所有卖女帽的地方，不顾营业员的白眼，一顶一顶地试戴。他对所有现成的帽子都不满意，最后，他在布料城买到一种类似《红楼梦》里提到的"软烟罗"的面料，然后自己画图，为母亲设计遮阳帽。

父亲成功了。这种帽子，拿在手上几乎没有重量，表面却有无数反光点，可以最大程度反射阳光。它像一只小小的飞碟，或者鸟巢，驻留在母亲白发稀疏的头顶。帽檐上盛开着手工卷制的玫瑰花，或者停留着一只美丽的手工蝴蝶，这让母亲有些佝偻的身躯散发出一点点美的光辉。

邻居们见到"梁家阿婆"出门,会停下来,由衷夸赞她的帽子,夸赞她的气色与风度。母亲带着一脸茫然的单纯表情,很受用地听着。邻居们有些困惑地对小渊父亲说:"阿婆依旧漂亮、有风度,不像一个病人呀。"

  他做到了。他以四十三顶帽子,构筑了一个只有他们夫妻懂得的小世界,一个唯有他们携手搀扶的小世界。

(摘自《读者》2022年第24期)

先吃哪粒葡萄

韩松落

三十年前,心理学刚刚进入我们的生活时,坊间流行一道测试题:吃葡萄时,你从最小的吃起,还是从最大的吃起?据说,这是用来测试人是乐观还是悲观的。三十年后,这道题目有了变种:在购物网站搜索商品的时候,你是依照从高价到低价排序,还是依照从低价到高价排序?

两道题目,出现于不同的时代,带着各自时代的烙印:葡萄测试,简单明了,带着初识心理学时的实用色彩;价格排序测试,把复杂的心理活动外化,给出一个简单的标准。但两个测试的核心部分,其实是一样的——你是否愿意见识好的生活,是否敢于肯定自己能够接住好的生活。这里面还藏着重要的提示:你做出的选择,是不是在见识过更好的生活之后产生的。

人的选择,不是天然成形的,必然要在经历无数次学习、试炼之后,才能真正成形。见识过好生活,必然不甘于埋头在崩坏的生活里;知道有更好的选择，自然不会追求次等的人生。一切退而求其次，往往发生在不知道自己所追求的是次等生活的前提下。没有退，没有求，而是天然适应，因为不知道有更好的生活。

丹麦电影《巴贝特之宴》讲的就是这回事：从巴黎归隐的著名女厨师，为了让村民从灰暗的生活中略微抬起头来，用中彩票的钱，招待全村人享受了一场盛宴。尽管盛宴过后所有人必须回归自己的生活，承受空虚之感，但从此心头的尘埃就剥落了一点儿，生活中也就多了一点儿念想。

即便经历过更好的生活，也要经常重温，就像心理学家弗洛姆说的："人不但有向善、向爱、向生的本能，也有向下、向死的本能。"在崩坏的生活里沉浸久了，如若没有及时回到好的生活里，人的整体状态可能就急转直下了。及时修复内心，重新回到好的身心状态，需要自觉、警醒，也需要时间。

很多人一辈子没有遇到合适的人，没有经历好的感情，从此就因陋就简地、退而求其次地生活下去。他们以为，这就是生活必然的一种形态。有的人却能够遇到好的人和好的感情，从此对感情永远怀有期待。

所以说，人是由人来滋养的，人的等级是由身边的人映衬出来的，也是由身边的人用爱作为支点撬起来的。好的人，好的爱，让人温润圆满，让人积极向上，让人活力四射。经历过好的爱情，你才知道爱是什么。这种知道，让人平白多出一份对人世的信心。

我们终其一生寻找的，就是这样一个互相映衬、互相撬动的人。

我们经历的生活，不是唯一，也不是全部。这个世界上必定有更好的生活、更好的爱等待我们去找寻。

（摘自《读者》2022 年第 24 期）

世界上最"亲近"的人

碎 碎

我妈是个彻底的物质主义者。她所能感知的,只有物质与实利,别的都无法进入她心里。一个缺乏精神性的人,一个不能让人感受到她的精神性存在与精神光辉的人,令人难耐。哪怕我们本该是世界上最亲近的人。

1

16岁时,我在离家千里之外的地方读书。妈搭别人的顺风车去看我。阔别多日之后的相见自然高兴,我带妈和同来的人去学校附近的卧龙岗玩。妈穿着一身藏蓝色修身西装,看起来尊贵考究。那时刚流行穿西装,妈一生爱美,永远都打扮得时髦漂亮。遇到卖饮料的摊点,我要求买一盒葡萄汁喝,妈满口答应。1.4元一盒的饮料,妈还价1.3元。对方说不还价。妈坚持还，对方坚持不松口。妈的脸因为不快而变形。这情形让我感觉痛心又丢脸。以我家的情况，何至于在乎那一毛钱呢。还价倒也没什么，但是锱铢必较弄坏了自己的心情，那又何必。我失望到了极点，顿觉她那身西装扎眼而可笑。

那时我还太年轻，觉得与自己有关的一切都应该是美好的，我们应该努力表现美好，这简直就是生活的第一要义。可是妈妈那么轻易就把事情弄糟，破坏了一切。

不知是先天还是后天缺陷，在我们看来，妈对一切精神事物都是排斥的。她有眩晕症，但她逛商场、跳广场舞，一连三四个小时不累也不晕；看书看报纸，不到10分钟就头晕。她的精力与注意力，关注不了任何与吃穿无关的事物。我们总是会想，她为何不能像别的母亲那样贤惠、温柔、明事理……血肉亲情，其实也是需要精神支撑的。

2

我读初三那年，周末的一个夜晚，我趴在自己房间的书桌上写日记。日记本是好朋友送我的生日礼物，一个很漂亮的软皮本。正写时，妈突然推门进来。面对不知道敲门，也不可能敲门的妈妈，我飞快地把日记本合上往抽屉里塞。我的反常动作反而引起妈妈的注意，她走上来要看我在写什么。

"不行，这是日记，你不能看。"我护紧日记本大叫起来。

"屁大点的孩子，有什么见不得人的。"妈不由分说地奋力抢夺，我坚决不从。我们二人互不相让，都感觉自己真理在握。撕扯中我被妈妈推搡在地，头、脸和胳膊都挨了打。体力远在我之上的妈妈把日记本夺走了。我倒在地上痛哭，直至浑身冰凉，眼泪流干。

　　日记里写的不过是学校里的一些琐事，诸如中考刚结束的快慰，分享到同桌的一包饼干的快乐，某个老师批评学生的措辞。妈妈看我捍卫日记本时那样刚烈的态度，还以为日记里写有生怕大人知道的惊天秘密，比如早恋之类的，没想到看到的只是些鸡毛蒜皮的小事，她不知是失望还是庆幸，悻悻地把日记本扔到我面前，鄙夷道："这有什么见不得人的。"

　　夜深了，熄灯后我躺在床上，睁着眼睛感受着潮水一样无边的黑暗，真想一死了之。

　　我听到了另一间卧室里爸妈嘈嘈切切的说话声。他们一定以为我早睡着了，他们无法想象一个孩子无法补缀的内心。

　　我既感觉到只有跳井才能洗刷不堪，又深感没有足够的勇气完成跳井的决绝。巨大的绝望与屈辱感像黑夜一样覆盖了我，虚弱又膨胀的报复欲像狂风一样在内心呼啸。第二天的太阳照常升起。一夜之间，我已由少年走向衰老。

3

　　后来我家发生了一件更大的事。

　　妈妈在我哥房间打扫卫生时发现写字台上的墨水瓶倒了，墨汁流到了没关严的抽屉里，她打开抽屉清理时发现里面有两封信。一封是哥哥在外地读中专的女同学写给他的，一封是他给她的回信，只写了一半，但已经满纸的热烈。妈终于捉住了自己正读高中的孩子的劲爆秘密：他在她眼皮底下写情书，在早恋！她看不到情书的字里行间所流露的那份刚刚发芽的稚嫩情感的美好，以及这种情感给予他们彼此的鞭策与激励。

如临大敌的妈妈捏着两封信去了哥哥的女同学家，迅猛地剿灭了这一切。事后，妈对此有着猎人捕获猎物般的完胜心理。这种心理需要扩大化，需要与人分享，所以许多亲戚甚至邻居都知道了这件事。哥哥在巨大的压力下变得消沉而焦躁，性情也变得日益顽劣和粗暴。

哥哥是家中独子，之前家人亲友都认为，他一定会选择考大学。后来，在一年一度的征兵季到来时，哥哥坚持去了千里之外的地方当兵。

我的哥哥那时候还很爱读诗，也曾尝试着写诗，还往《星星诗刊》投过稿。他嫌自己的字体不好看，让我帮他誊写一遍。我心怀虔诚一笔一画地把他的诗抄写在方格纸上，看着他把信纸塞进牛皮纸信封里。如果哥哥的情书没有被发现，少年的秘密被保全，哥哥很可能会有另外一种命运轨迹——去异地一个大城市上大学，读他感兴趣的专业，然后在远方的城市工作，意气风发，和心爱的姑娘一起过上甜蜜的生活。

在部队待了两年多，哥哥最终又回到妈妈眼皮底下生活，家人为他安排了一份不错的工作。作为独子，家中一切尽他享用，有人介绍县城最漂亮的姑娘做了他的女朋友，但是他依然不快乐。我们眼里的他性情暴烈急躁，做事没常性，爱撒谎，有几年还经常赌博。

我想，也许一个在成长过程中无法感受和领略美好的人，也终将无法制造美好吧。

后来看到作家刘墉在书里写道，在他孩子十六七岁的时候，他每次回家上楼梯，都会故意发出很大的声响，想让楼上的孩子听见。这样孩子如果正在做什么不想让父母知道的事，可以早做准备。

这个细节让我很受震动，怔忡良久。原来，做人还有这么一番挺括自在的天地。他的孩子心里该有多松弛、多完好。

4

这么多年来，每次回老家，妈最惦记的，依然还是想方设法做各种好吃的。吃是永远的主题，几乎也是爱的唯一表达。哪怕她深受其累。

我每次回去住的几天时间，每顿饭菜她都准备得太多了，经常会有一半甚至一大半因为吃不完而倒掉。那么辛苦地把它们买回来择洗烹饪，好像就是为了最后把它们倒掉，这或许也是过剩的母爱的表现方式。面对那些被倒进泔水盆的饭菜，我们都会有犯罪感与虚空感。她知道这样会令我们不快，会遭到指责，便在饭桌上奋不顾身地劝菜劝饭。再好的东西一旦成了强制，也会成为梦魇和负担。

表达对人好，表达爱的方式，首先应该让人感觉舒适，尊重对方的意愿，而不是一厢情愿地强加。但妈一辈子都没学会。她只会以她以为的好的方式对待我们。

这是内心贫穷的表现，也是人生贫瘠的证明。说到底，是我们重视肉体，放大肉体，却轻视精神，缩减精神。有那么无微不至的身体关怀，却缺乏足够和有效的精神关怀与心意相通。

每次在我临走的前夜，她都会满怀懊丧地说："哎呀，你这次回来，我本想和你好好说说话的，结果没时间，光顾着做饭了。"

这样的话，真是让我又灰心又绝望。

妈妈，这个世界上最温暖、最有重量的词语，最贴心最有归属感的词，成了我们竭力挣脱却又无从挣脱的对象。

5

当我在这个城市有了自己的房子后，妈妈每年都会带着对城市生活的钦羡与向往，来我这里住一阵。老家的县城生活早已远离我的生活圈，但在我的记忆与想象中，那个小城的日月与生活样式，还是温煦、缓慢、柔媚，适宜人居的，有着沈从文笔下生活的韵致与腔调。

但在妈妈的叙述里，却成了另外一番样子。

谁谁谁在结婚以前就怀孕了，男的不想要她了，和她分手，她闹着要跳塘，男的没办法，最后才和她结婚的；谁谁谁的职务，都是靠他女人给他弄的……

我的妈妈，她感受世界与揣度他人的方式为什么会是这样？一个人内心的样貌，决定着她所能看到和感知到的世界。

6

妈妈一天天地老了。

60岁后的她见人就爱谈她的病，从颈椎病到妇科病，从饮食花销到排泄次数，都是她大肆谈及的话题。就像她习惯于入侵别人的私密一样，她于别人好像也不必有任何私密。总挂在她嘴边的那些病与烦恼，成了她乐于示人的精神徽标。她总是陷入连篇累牍的抱怨，其深广的怨气犹如不停释放的毒气，让人难耐。直到，把她身边人的耐心耗尽，陷入比她更深的抑郁。有的人，就是没有能力让自己感到幸福。

因为对她人生趣味与行为方式的不认同，我也早已不看重、不关注她的内心，任她感受无滋无味，苍凉地跌进深不见底的无价值与无意义中去。我一直拒绝让她知晓我的内心，因为我不相信她能理解我，理解那些幽微暗沉。多年来，我很少给予她温暖明亮，所以就索性听任我们之间的坚冰愈积愈大。

有一天，妈妈一大早从老家给我打来电话，说她前一天晚上一夜没睡。我问为什么，她说昨晚才听我哥说，我已经离婚几年了。"你怎么不跟我说呢？"她的声音颤抖，那是竭力忍住的哭腔。

我拿着电话，感受着她对我的顾惜，我们曾经的隔膜似乎在那一刹那消除。我不知该说什么，眼泪也突然掉落。

到底是母女连心，哪怕我们并不一心。

7

我们无法选择母亲，就像母亲无法选择她的孩子。一切都是冥冥之中被注定的。作为母女，我们甚至无法选择不爱。只有爱与被爱。

每每我也会自问，一个不能和自己妈妈处好关系的人，还能和谁处好关系？我曾经反感的她身上的种种，现在常常在自己和兄姐身上发现，比如，做事简单粗暴，情绪容易失控，说话重，爱伤人，好抱怨……发现这些着实令人恐慌。

但是，我还是希望自己心中充盈着爱。那是不管对方怎么样，不管遭遇的世界怎么样，依然能够爱和体恤的能力。

妈妈，她肯定也是我或多或少的另一面。我不知道经由妈妈，我会变得更柔软还是更冷硬，更美好还是更无力，更积极还是更消沉。但我已经相信，这一切可能并不在于她，而在于我。

一切，都是命运的馈赠。

（摘自《读者》2022年第16期）

重返蓝天

魏 晞

  国子监的柏、西山的黄栌、北海的白皮松，这些被作家汪曾祺记录过的北京一隅，也是猛禽停留的地方。在北京这座历史悠久的国际大都市，有50种猛禽与2000多万人生活在一起。

  猛禽性子烈，经常独来独往，和老虎、豹子一样，处在自然界食物链的顶端。即便是和鸽子体形相近的红隼，也能迅疾地从高空俯冲，抓地上的鸡、松鼠。

  在北京，有超过一半的全国已有记录的猛禽种类。与北京悠久的城市史相比，猛禽出现在北京的时间更长。在全世界9条鸟类迁徙通道里，北京是其中两条通道的重要节点，是它们迁徙路上的一个"加油站"。

1

北京猛禽救助中心的康复师周蕾，见过猛禽各种各样的受伤原因：因高压电线失去一条腿；撞上高楼的玻璃幕墙；掉到刚刚刷过漆的塑胶跑道上、居民楼附近的粘鼠胶上；从玻璃窗误入大楼，被困在楼道里，怎么都找不到出口。

即便在受伤时，猛禽依然是一副张牙舞爪、不可一世的样子。躺在手术台上，大多数猛禽会坚持与康复师搏斗，用尖尖的爪子和喙连抓带啄。它们是猛禽最厉害的武器，一只雕鸮伸出爪子，能将人类的手掌扎穿。

周蕾每天都要和这群强势的"病人"打交道。被送来救助中心的猛禽大多受了重伤，"但凡它们自己能重新飞起来，就不可能被人类发现，送来我们这里"。

周蕾记得，有一只金雕，被送来时翅膀有陈旧性骨折，瘦得皮包骨头，连挥爪子的力气都没有了。但面对一步步靠近它的康复师，它依然会保持着猛禽对人类天然的警觉，哪怕被逼到角落，它仍用大大的眼睛瞪着周蕾，威胁她退后。

周蕾，这位身材微胖、脸圆圆的女士，已经当了10年猛禽康复师，练就了让人惊讶的臂力。北京猛禽救助中心要求康复师必须能举起并移动20公斤的重物，因为在救助中心，秃鹫体形最大，双翼张开超过3米，康复师至少要拿得起20公斤的东西才能控制秃鹫。

一位志愿者回忆，周蕾是一位胆大心细的女性。有一次为大鵟治疗，他走进笼舍时心里有点儿怵，担心下手抓错位置，被大鵟攻击。但周蕾走上前去，先用毛巾蒙住大鵟的眼睛，再抓住它的腿，用双臂拢住它的翅膀，然后把它端起来，将最尖锐的爪子和喙朝外。

这一套在常人看起来有些危险的动作，周蕾已经做过许多次。尽管猛禽经常瞪着大眼睛，用与身形极不相符的力气使劲挣脱她的怀抱，但她依然喜欢与这群骄傲的动物相处。

"猛禽很单纯，它们心里有什么事，讨厌你或者烦你，会马上表现出来。"每次接鸟和放归，她都跟着去，感受猛禽熟悉的大自然的风、空气与蓝蓝的天空。

在某种程度上，猛禽也迫使她去深入了解北京这座城市。为了接鸟，她跑了13724公里，去过北京的297个角落，有时候是在偏僻的村子里，有时候是在众所周知的颐和园。

2

无论心里多喜欢，面对猛禽，周蕾总是摆出冷漠的模样。

给猛禽喂食物，她直接推开笼舍，扔了东西就关门；喂鸟宝宝时，她戴上面罩，穿上网纱，打扮成一棵树、一枝花，绝不会让鸟宝宝看到她的真容；把排水管锯下一小截儿，给猛禽做成一个玩具，扔进笼舍后，她只趴在门外的缝隙上偷偷看。

她要和猛禽保持距离，因为一旦距离过近，猛禽就容易出现反常行为。比如，有一些被驯养过的猛禽，听到她的脚步声，会凑到门前。还有些猛禽，见到人也不怕，反而跟过来用喙啄人的鞋子。

"它们毕竟是野生动物，如果看到人就凑过来，自然认为人会为它们提供食物，它们就再也无法重返蓝天了。"周蕾解释。

人类饲养的猛禽很容易患上脚垫病。在猛禽界，重度脚垫病是最难治的慢性病，是全世界鸟类学家、动物医学家至今都没攻克的难题。一旦感染上脚垫病，猛禽的爪子就会变成粉红色，会肿胀甚至溃烂发炎，从而影响足部功能，最后威胁生命。

周蕾护理过那些得了脚垫病的猛禽，它们大多曾被人类饲养在笼子里。在那个有限的空间里，猛禽只能长时间站着，足部和栖木反复摩擦，很容易被细菌感染，就像人穿了一双不合脚的鞋，容易出现伤口。

一些伤害以爱为名，还有一些伤害纯粹出于利益。甚至可以说，北京猛禽救助中心的成立，也是由人类的贪欲间接促成的。1998年冬天，北京国际机场缉获了400只猎隼，偷猎者把猎隼的眼睑封上，塞进丝袜里，整齐地摆放在行李箱中，准备运往中东。那时，北京没有一个专业的救助机构，能帮助这400只猎隼回归蓝天。

这推动了北京师范大学和国际爱护动物基金会合作，成立猛禽救助中心，让生活在这座城市的猛禽有了一个接受救助、康复的基地。

周蕾清楚，一切治疗的最终目的是让猛禽重返蓝天。从2001年至今，北京猛禽救助中心接救5607只猛禽，放飞3056只。

3

雕鸮是世界上体形最大的猫头鹰。在野外，光是一个冬季，它就能吃掉上百只老鼠，甚至能猎捕豪猪、狐狸、猫或苍鹰等其他动物。它有一双犀利的橘黄色的大眼睛，能帮助它在黑夜里看清猎物。

掉进中国科学院第三幼儿园（东升分园）那只编号为220305的雕鸮，被人发现时，已经飞不起来了，只好张开翅膀，极力地保持着身体平衡，在幼儿园的秋千旁走来走去，像一个一瘸一拐的老人。尽管从体形上预估，它大概只有两岁。

它瞪着那双大眼睛，与围观的幼儿园师生们对峙着。谁也没有胆量往前走一步。幼儿园老师滕菲和它对视了一眼，心里"咯噔"一下，能感觉到它的恐惧、警惕和防备。

赶来的周蕾像谈判专家一样打破了对峙的局面。她用毛巾捂住了雕鸮的眼睛，让这只初来乍到的猛禽暂时放下防备的情绪。幼儿园的小班生一拥而上，凑到周蕾跟前，近距离观察这只雕鸮：那花褐色的羽毛摸上去像上好的丝绒，却有几处明显的磨损；它的头部神态最像猫，小朋友给它取名"大猫猫"。

没有人知道在掉落之前，它在天空中经历了什么。周蕾给它做了体检，发现它的左侧股骨有陈旧性骨折，右侧尺桡骨有开放性骨折，白细胞指数偏高。最初来到北京猛禽救助中心时，它一直不愿进食，需要康复师喂食，直到第66天，才恢复自主进食。

治疗期间，30个小班生给周蕾打过3次视频电话，孩子们排排坐，纷纷举手问周蕾"大猫猫"的术后恢复情况。

如今，30个小班生已经升入中班，他们依然在等待"大猫猫"回归蓝天的那一刻：他们给它制作了绘本、图画书，记录这次遇见；还有学生给它搭了窝，挂在幼儿园天台的各个角落。一位家长说："我小时候是抓鸟玩，而现在我的孩子在保护鸟。"

小朋友们希望再多一些运气，看到雕鸮到幼儿园的上空转一圈，报个平安。

4

有时，与猛禽的重逢，算不上一件值得庆祝的事。

"我更希望这是一群'白眼狼'。"周蕾说。放飞时,她宁愿猛禽能对人类不带有任何感情地、没心没肺地翱翔。

为了让猛禽更好地适应野外环境,每次放飞前,周蕾都要给它们"减肥":她跟在猛禽后面跑,猛禽想躲人,只好拼命在前面飞,"被迫运动"。

像这样专业的、长时间实践过的猛禽救助方法,越来越被重视,保护猛禽成了很多市民的共识。

在北京上空,各个种类的猛禽维持着一个相对稳定、偶尔波动的种群数量,在固定的迁徙路线飞翔,不和人类争夺空间。

天坛和国子监的松柏,曾是长耳鸮最喜欢的栖息地。北京城相对温暖,人类生活区域往往能吸引大量老鼠,那是长耳鸮最爱吃的食物。但最近十几年,天坛和国子监变得"越来越吵"。先是游人如织,在公园里跳健身操、练空竹,再是大规模的灭鼠行动,直接让长耳鸮失去它们最容易捕捉的食物。

慢慢地,长耳鸮逐渐离开了天坛。它们去往距离北京市中心更远的地方——十三陵、通州次渠。那里有大片的油松,而且更加安静。在次渠的居民区两公里外,有8只长耳鸮曾栖息在一棵树上。

往年,迁徙的猛禽会在百望山附近落地栖息,但如今,猛禽栖息的行为越来越少见,它们更爱在空中盘旋。另一个明显的趋势是,一些极少进入人类生存环境的猛禽,也慢慢从山里进城,尤其是当冬天食物不足时。雕鸮就是其中一种。

周蕾曾去过一个养鸡场,看到一只雕鸮踩着一只鸡的尸体吃得正酣,旁边还有一群鸡东倒西歪地躺着——它们被这只突如其来的雕鸮吓死了。

这也让猛禽与城市间的纠纷越来越多。北京猛禽救助中心为此向政府主管部门提出建议,于是,在2009年实施的《北京市重点保护陆生野生动物造成损失补偿办法》中，北京市将猛禽造成的圈养的家禽家畜伤亡纳入补偿范围。一个完整的生态系统，除了小鸟、小猫等，还要有猛禽这种"顶级消费者"，来维持群落的稳定性。

5

每次放飞猛禽，周蕾总会挑在迁徙季节之前，让它们有足够的时间和同伴相聚，一同迁徙。

周蕾印象最深刻的一次放飞，是在怀柔的一个悬崖边，她第一次放飞一只金雕。金雕属于大型猛禽，不像红隼那么轻盈，无法在空中悬停，它需要借助悬崖口的上升气流起飞。周蕾把它放出箱子后，它先助跑了几步，跑到悬崖口，脚一蹬，身体跃入空中，顺着气流就盘起来了。

附近的两只乌鸦或许嗅到了危险的气息，飞过来想把金雕赶走。它们用爪子踩一脚金雕，然后飞走，又飞回来再踩一脚。站在地面上的周蕾为金雕的命运捏了一把汗，怕它会再次掉落。那是一只经历过骨折，也不擅长打群架的鸟。

没想到，那只金雕根本没理会乌鸦的侵扰，它环顾了四周的环境，然后一展翅，就飞往层层叠叠的山林深处。

"要努力活下去，不要畏惧困难。"周蕾看着它的背影，忽然回想起金雕被送来猛禽救助中心的第一天——不知道它已经在野外饿了多久，瘦得皮包骨头，头始终垂着。

周蕾不敢让它一顿吃饱，只能让它少食多餐，"当时我想，即使它活不过第二天，那也是很正常的"。

但第二天，她走到金雕的笼舍前，趴在门缝上观察，金雕听到了人的脚步声，扭过头，甩出那唬人的凌厉眼神。经过一夜的休整，它已经缓过来了。

（摘自《读者》2022 年第 21 期）

食物里藏着令人治愈的温柔

于非让

1

20世纪60年代，汪曾祺先生在张家口沽源县下放劳动。他把在当地采到的一枚大白蘑带回北京，为家人做了一大碗鲜汤。

孩子们兴奋无比，谁知，他的妻子喝着喝着，却哭了，眼泪落进碗里。汪曾祺先生问她怎么了，她只低头答："太好喝了。"接着，她又盛了一碗，笑着大口喝起来。

当时汪曾祺家里只有一张三屉桌、一个方凳，墙角堆着一床破棉絮。他口袋里小心翼翼地揣着一点钱，为孩子们添了个盐水煮毛豆。下放之前，他留下的字条，妻子还完好地保存着："松卿，等我4年！"施松卿始终守着3个幼小的孩子，在这里等着他。

过后，他回忆说："我当时觉得全世界都是凉的，只有这碗里的一点汤是热的。"一时间，分隔两地的思念、濒临绝境的委屈、口袋里没钱的落魄，在那碗汤里都烟消云散了。

在《四重奏》里有一句台词引发过很多人的共鸣："哭着吃过饭的人，是能够走下去的。"

贫困时的鲜香菌汤也给生活带来遐想和奔头。好好吃饭的人总是有希望令自己更好地生活下去。热乎乎的食物有一种发烫的能量，正是这种温度暖了肠胃。

2

还记得我上高三的时候，随着老妈的一声吆喝"吃夜宵啦"，全家人会有说有笑地围到桌旁。有时是清润的百合莲子羹，有时是清淡味美的山笋乌鸡汤、鲜菇鱼片粥，或是其他。那个橄榄油爆锅的声音仿佛还回响在耳边，我一直忘不了从前家里灶台上氤氲的热气。

然而来北京工作后，我经常顾不上吃晚饭。每天夜幕降临，城市的华灯初上，正是我在公交车上、地铁上被挤得直冒汗的时候。人头攒动，每个人都义无反顾、面无表情地往前走着。回到宿舍，我已经头昏脑胀。夜里10点多钟，连一口东西也没有吃上。在冷冷清清的出租屋里，我也不知道这样的日子，自己还能坚持多久。

大多数时候，我只能吃外卖，饿了先填饱肚子再说。可是有一天，我终于忍着胃痛，在楼下买了一点肉和米，给自己熬了一锅粥。喝完，胃竟然不疼了，感觉浑身热乎乎的，很舒服。于是，每晚回去，我都给自己熬点粥，然后小口喝光，那时，内心渐渐坚定，也在异乡简陋的空间里安下心来。

在那段初涉职场的艰难时光里，那些热乎软糯的米粥，在某种程度上，让我不再思乡和难过，不再觉得自己对这个世界无能为力。那碗热粥抚慰了我在异乡一路踉跄落魄的灵魂。

美食作家韩良露曾说："人生和舒芙蕾一样脆弱，但只要接受生命的本质，不断地接受挑战，总有机会遇到完美的生活。"

所有破损的伤口都会在食物的贴心调理下，不知不觉地愈合。生命的本质固然是脆弱的，却能不断在采集能量中获得新生。

（摘自《读者》2022年第5期）

对失望很失望

苏 童

我遇到过一个很特别的读者，他排在等待签名的队伍中，走到我的面前时，用尖锐的目光盯着我，那种眼神使我感到紧张。然后我听见他说："你不应该随便出来签名，我是你的读者，但见到你，我觉得很失望。"

我一直记得这个直率得令人恐怖的中年男子。他使我震惊，使我恨不得找面镜子看看自己的模样。他的失望包含着什么样的内容？这是我一直想探询的事。

我不能面对读者对我的失望。我爱我的读者，因此在那个外地城市的一天里，我成了更加失望的人，我是对自己感到失望。我其实不知道那个读者对我的观感，是我疲倦的表情，还是僵硬的微笑使他失望？是我的模样、气质与作品不相符使他产生了受蒙蔽的感觉？他不说！我内心有一种过失犯罪的感觉，这次的经历使我后来对签名售书之类的活动避之唯恐不及。

亡羊补牢却难免百密一疏，可恨我这种人不是能够隐居的料子。不久前，我和几个作家同行去台湾，抵达当天，我随几个熟识的朋友去茶馆闲坐。没说几句话，一个当地的女士就诚恳地告诉我，她对同去的某个作家感到很失望。她说："没想到他是这么沉默的人，像个老人！"

不知怎的，我又有了犯错误的感觉，我想她的失望也一定适用于我。这到底是怎么回事，为什么一个作家出现在别人面前那么容易让人感到失望？事实证明，我那天的联想并非出于敏感，要离开台湾的时候，一个几天来相处甚欢的记者朋友也用同样真诚的语气告诉我："告诉你，我们对你很失望哦！"

这次我突然生气了。我不再有那种脆弱的、对不起大家的感觉了。我突然意识到，在这些失望的人面前，我是无辜的，我不该对他们的失望负责。我想他们的失望在于某种期望，可是为什么要对一个未曾谋面的人有所期望呢？假如我是一棵梨树，别人把我看成一棵桃树，我不能因此责备我自己。假如别人喜欢的是桃树，而我作为梨树，那就只能用外交辞令对那些失望的人说："非常抱歉，你看错了，我不是桃树，而是一棵梨树。"

我不知道我的这种经历是否涉及一种人际关系，但我想，人与人的坦诚相待并不是一件危险和可怕的事。任何人不必对他人虚幻的期望负责，能让大家都喜欢你是幸运的，能让大家都讨厌你是不幸的，但是按照别人的期望呼吸、吃饭、说话、打哈欠是不必要的。一个人只能生活在自己的音容笑貌之中，即使它充满了缺陷。我的天性总是使我在那些失望的眼神中露出尴尬的微笑，但我想告诉一些勇敢的朋友，当有人对你说"我对你很失望"时，你可以这样回答他："我对你的失望很失望。"

（摘自《读者》2019 年第 3 期）

年轻是一种氛围感

艾小羊

最近我发现一个残酷的事实：大家跟我在一起，主要是为了缓解年龄焦虑。

经常合作的摄影师比我小十几岁，跟我拍一天照特别累，他在回家路上跟化妆师感叹："看到小羊姐还跟年轻时一样，我觉得咱们也可以再拼20年。"

我的读者最喜欢看我发新旧照片对比，以前我的审美没这么好，也没有健身，因为年轻看起来很青涩，加之修图水平没有现在高，总之，如今的照片比之前的好看。读者看了心生欢喜，在后台留言："我终于看到了一个越老越美的人，瞬间对变老这件事没那么恐惧了。"

万万没想到，本来立志当才女的我，慢慢活成了一个"抗衰吉祥物"。一个天赋普通却自强不息、活力满满的中年人，往人堆里一站，大家就会想：哇，她可以，我也行！

既然已经活成了吉祥物，不如进一步，说一说我的抗衰秘诀。

首先，不服老、不认老，就不容易老。

在我的词典里，除了最后生活不能自理这种不可抗的衰老，生命的其他阶段都叫"年轻"。无独有偶，白岩松采访80多岁的黄永玉先生，看老先生开红色法拉利跑车，脱口而出："这东西不是小年轻玩的吗？"黄老回应："我不就是小年轻？"很多人觉得黄老幽默，我觉得不是，他是真这么想，如此，才能当一辈子野孩子。

其次，每天至少做一件新鲜的事。

人是从什么时候彻底老去的？就是他开始活在过去，对生命只有经验，却失去了好奇，一切新鲜的东西都与他无关的时候。从这个层面上看，我见过25岁的老人，也见过52岁的年轻人。

每天做一件新鲜的事其实不难：穿了10年的西装，尝试搭配一条卫裤；从没用过的化妆品，在商场免费试用柜台领一个小样试试……我曾经在刚开业的奶茶店看一对老夫妻学习如何在手机上领券，然后捧着两杯网红奶茶坐在店里边喝边评价，我觉得他们很年轻。

年轻的氛围感，是流动的，拥抱新鲜是保持年轻氛围的核心。当然了，不是新鲜就一定好，而是满怀好奇心的你，看上去很好。

最后，剔除复杂的关系，维持简单的判断与生活。

年轻人的活力，足够将生活变成一个热闹的马戏团，而永远年轻的人，他们的活力在于慢慢将人生简化到只做自己必须做的事。尤其要在人际关系上做减法，别操不该操的心，包括对子女。

对于时间的焦虑，是人生的终极焦虑。一方面我们要认命，另一方面我们不能认命，毕竟往后的每一天，我们都是最年轻的自己。认命了，才能有稳定的情绪、充分的智慧，去粗取精地经营自己，活出蓬勃向上、不认命的年轻感。

（摘自《读者》2022年第8期）

当一个捞蚶人遇上金庸

梅姗姗

这是纪录片《风味人间 3·大海小鲜》中的故事。

今日大潮,上午退潮开始时间是凌晨 4 点 50 分。

凌晨 3 点 30 分,老六已经起来。4 月的辽宁葫芦岛,气温还是个位数,海边更冷。老六穿了很多层袄子和裤子,等最后套上褪色的橡胶服时,已接近凌晨 4 点。戴上帽子,扛上耙子,拖上轮胎,他走出家门。几个兄弟也正往滩涂边走去。

今天上午的这场退潮将维持到 10 点左右,然后潮水会上涨。老六和兄弟们必须趁着退潮,以最快的速度赶到养蚶子的滩涂并开始工作。葫芦岛滩长水浅,蚶子都养在离岸 3 公里左右的浅海区,要去那里必须先蹚过泥泞的滩涂,再坐上停在浅滩的小船。

一路上老六几乎不说话。夜深天冷,海边除了手电照射的地方,什么都看不见；滩涂泥泞，一不小心还会陷进去，拔腿都困难。他把注意力全部放在行进上。

到浅滩，老六有一条小船，他载着兄弟们，驶向3公里外的蚶子养殖区。

那是片平均水位不足一米的浅海区域。退潮时，人们可以站在水里。用来捞蚶子的工具，则是一个很像猪八戒钉耙和簸箕结合物的铁质工具。工具顶部有很多耙齿，捞蚶子的时候，先将耙齿插入泥沙，疏松海底基质，同时摇晃横扫，藏在泥沙底下的蚶子就会被扫进簸箕里。动作其实就这么几个：下耙，晃动，提起，但捞蚶子的难度不在于动作，而在于海水的干扰——在水里，阻力会削弱每个动作的效果，似乎无论怎么用力，都迈不出岸上半步的距离，更别说脚下还是泥沙，时不时就会陷进去，拔腿都困难。

老六和兄弟们的工作，都是在这样齐腰深的冰冷海水里进行的。他们需要连续数小时挥舞工具，一次又一次地从海底把簸箕里的东西举出水面，倒进旁边的袋子里。他们要应对的困难很多：冰冷的海水，海水的阻力和铁质工具的重量，再加上涨潮带来的时间紧迫感……赶海的生活，怎是"辛苦"二字可以概括的？老六倒感受不到。他习惯了，这是他熟悉的东西。人到中年，他选择回家继续赶海，也是为了这份熟悉带来的稳定。一耙子下去就是一耙子的钱，扎扎实实，肉眼可见。这比到外地，被未知风险打得头破血流、血本无归来得好。

大海再危险，都是熟悉和可控的危险。你尊重大海，大海就会尊重你。

人海的世界，不一定。

可作业的时间也就四五个小时。下耙，摇晃，横扫，摇晃，感觉差不多了，提耙，倒蚶。老六和兄弟们一遍又一遍地重复这些动作，完全无视远处天际的日出美景。他们的注意力全在耙子上。几十年的赶海生活给了他们与浪合一的第六感，无须钟表，不用提醒，他们知道什么时候浪要回来了，什么时候需要赶紧撤离。

小船已被兄弟开到边上，骡马也已就位。几百斤一袋的蚶子，光凭人力是不可能拖回岸边的。骡马是此刻主要的劳动力。大家相互帮助，把一袋袋蚶子装上骡车，人赶着骡车，往还于岸边和浅滩。10点前，老六和兄弟们完成了早上的作业。拖着一身的疲惫，他们称重，记数，然后回家睡觉，吃饭。

一年365天，只要不是干潮，只要海水没冷到结冰，老六的生活就会如此循环。赶海捞蚶子是他维持全家生计的唯一手段，他还有条船，可以帮其他人把蚶子运回来，赚的比没有船的兄弟多一些。但这也就是全部收入了。

老六有一个煮酒论英雄的梦，年轻时的他，也去追过梦。

老六最喜欢的小说人物是乔峰。他觉得乔峰讲义气，为人正派，仁义兼备，于是把乔峰作为自己行走江湖的榜样。因为讲义气，他拥有很多兄弟，在兄弟里，他一直是老大。有谁年轻时不曾向往远方？更何况是老六。他相信自己不该被一片浅滩困住，他要去更远的地方。

于是他搞来一艘大船，成了船长，带着兄弟们去远海捕鱼。然而，失败了，他赔得一塌糊涂。又听说城里建筑业兴起，有钱赚，老六打算东山再起。"金鳞岂是池中物""英雄不问出处"，老六为人简单纯粹。来到城里，他成了建筑工地的一员，开始的确活儿不少，连儿子也跟来了，老六逐渐成为工地上的大哥。但没几年，当地房地产业逐渐饱和，活儿没了。

大半辈子忙忙碌碌，一转眼他也40多岁了。一腔热血化为一腔无奈，面对还要供养的家庭,老六认命了。他回到葫芦岛,成了职业捞蚶人。"眼前潮水起落,身后浮沉半生",老六知道,城市或许会辜负他,但大海不会。他还是信乔峰的,他信了一辈子。

这一次,他成了职业捞蚶人里的大哥。

这一次,他应该可以做大哥很久。

(摘自《读者》2022 年第 6 期)

我知道你会来，所以我等

沙 言

稻花飘香的时节，迎来一年中的第二个长假，这个季节的思念和风，都很甜。他归心似箭，从外地购票返湘，年年如此，不是为了秋收，而是为了看望在乡村小学教书的她。

他和她，是中学同学，风华正茂，相知相恋。大学毕业后，一个去了重庆工作，一个留守湘西乡村，湘渝隔山水，异地相思甚苦。

记忆一晃，是10年前了，她刚去乡村小学教书。他坐了一夜的硬座火车，再转乘城乡大巴到了小镇，小镇当时没有直达乡村小学的大巴车，他只好走路前往，30多里路，从炊烟袅袅走到了星星点灯。那一次由于刚下长途火车，小腿肚子发酸发颤，他一个趔趄跌进了稻海。爬起来，搓掉手上的泥，他拖着扭伤了的脚踝，继续在星光下赶路……她也没睡，在星光下等待着他。乡村的夜太安静了，安静得让人心里害怕，她想走出村口迎接他，又担心煨在炉子上的鸡汤熬干了。中秋近了，天上的月亮似乎读懂了人间的思念，圆圆满满地立在树梢上，照耀着天南地北的牵挂。

黎明时分，天光微现，他才走到她跟前。鸡汤还是暖的，爱意浓浓，温润芳醇。

岁月无声，城乡遥遥，两地分居的日子，看上去诗意又漫长，隔着山水迢迢，却又近在咫尺。

他和她结婚成家，甚至有了小孩后，依然还是两地分居，只不过两地的距离渐渐由远及近。他从省外调到州内，去见她，从隔天抵达变为当天能到。

5年，10年，15年……

在即将步入40岁时，他对她说了一些那么多年来没有说出的情话，写了一封那么多年来没有写完的情书，发表在当地的一个公众号上，朴实无华的语言和真诚炽热的情感，感动了无数两地分居的家庭，引起了广大基层教育工作者的共鸣……他对她说："我真想一辈子做你的学生。"这让我想起了沈从文和张兆和，"我知道你会来，所以我等"。又想起了黄永玉和张梅溪，又或者会想起陈渠珍和西原，想起那么多湘西汉子的爱情传奇，在岁月星空里散发着迷人的光芒。

或许是家庭中有太多的琐事和重担，像人间烟火中的尘埃一样，掩盖了他们身上的光辉；或许是生活太多的磨炼和雕琢，使得他们不得不藏起心中的梦想。但是，无论世事如何喧嚣或清冷，在他们心中，对方永远是自己想要的那个模样。

如今，他和她每周能聚一次。他在一座马上要通高铁的小城，她在一个挂在悬崖上的小镇。通高铁以后，他和她几十分钟就能相见。

时代的浪潮澎湃而汹涌，远远地奔跑在人前，飞驰的旋律，难免会遗落一些美丽的音符。他和她，守护着一片共同的星空，那么安静又那么温良。

人世间浪漫的表白，不是只有"我爱你"，还有"我等你"。

（摘自《读者》2022 年第 2 期）

当文科生遇上人工智能

雷册渊

每个人的转型之路都不平坦,但他们的经历也证明,人生不是非要在既定的赛道上奔跑。

从中文系本科生到认知科学博士

10年前,当一位中文系教授向黄萱菁推荐本系一名学生,说他立志考人工智能方向的研究生时,这位复旦大学计算机科学技术学院教授以为自己听错了。

虽然黄萱菁研究的自然语言处理与中文不无关系,但一个纯文科背景的学生想要转到计算机科学技术学院深造并非易事,况且,10年前人工智能在国内尚且算不上一个热门学科。究竟是什么让他这样选择?黄萱菁很想知道答案。

几天后,这个名叫钱鹏的学生坐在了黄萱菁的办公室。从传统意义上看,钱鹏是个典型的学霸,从小成绩优异,高中选读了理科,却始终对文史哲兴趣浓厚。高三时,他报名参加了复旦大学"博雅杯"人文学科体验营。钱鹏从全国各地的考生中脱颖而出,顺利进入复旦大学中文系就读。

钱鹏告诉黄萱菁,大一、大二的通识教育让他有机会涉猎本专业以外的诸多学科,启发了他用跨学科的新视角来看待传统问题,尤其是通过计算的方法了解语言的本质、信息的处理,激发了他对人工智能领域的兴趣。

这次谈话让黄萱菁印象深刻,她赞赏钱鹏的勇气,也感受到"这是一个非常有灵气的学生"。但是,在她的实验室里,跨专业来的学生几乎都是理工科背景,纯文科背景的"前无古人"。黄萱菁不敢贸然应允,而是默默开始了对钱鹏的考察。这一考察,就是两年。

她先给钱鹏提了一些专业上的建议,比如哪些基础知识需要补足。钱鹏就按图索骥,找到网课视频,自学了高等数学和计算机相关课程。

大三时,钱鹏赴香港中文大学交换学习,接触到了神经语言学。"我就像走进了一个全新的世界。"钱鹏转考人工智能方向研究生的决心更加坚定,"未来,学科交叉一定是一个非常重要的趋势。"

钱鹏回到复旦后,黄萱菁开始尝试给他布置一些实验室的工作,从最基础的标注到进阶的内容,钱鹏的完成度总会超出她的预期。

2015年,本科毕业的钱鹏通过考核,顺利进入黄萱菁的自然语言处理实验室攻读硕士研究生。2017年,他又以优异的成绩进入美国麻省理工学院继续深造。2022年,钱鹏终于取得认知科学博士学位,攀到了这一领域的金字塔顶端。

最难的是打破跨专业"知识诅咒"

当钱鹏进入麻省理工学院攻读博士学位时，他的同系学妹、刚刚结束大二上学期课程的季雨秋也对自己的未来做出了一个重要决定：跨专业深造。

当年，季雨秋因为全国中学生作文竞赛得奖，通过自主招生进了复旦。可她进了大学才发现，"原来中文系并不培养作家，毕业后真正靠写作谋生的人更是少之又少"。她在学校写新闻稿、去杂志社实习、为学生组织做自媒体宣传……然而，每尝试一次，她就更加清醒地认识到，自己虽然擅长写作，却并不习惯按照范式要求写作，更不喜欢根据别人的意见修改自己的作品，这让她对写作的兴趣和热情丧失殆尽。

反倒是大一学生必修的编程课让她兴趣盎然——把自己的想法按照一定的逻辑，用代码串联起来去实现，她喜欢这样有快速反馈的学习和工作。

当时恰逢阿尔法狗和微软小冰大火，融合了自己专业和兴趣的计算语言学走进了季雨秋的视野，她很快就找到了自己热爱的方向。"这才应该是我的专业！"

在选修相关课程和查阅资料时，季雨秋又发现，大多数课程设计和问题答疑对跨专业学习的学生并不友好，就像"被知识诅咒"了一样。因为这些课程往往默认接受知识的人有非常扎实的专业基础，并不适用于像她这样的"小白"。她就去找适合初学者学习的资料，从零开始，反复啃、反复练，确保自己能够吃准吃透。

几乎每一个从纯文科转考理工科的人都经历过这样痛苦的过程。

比季雨秋低一级的张向旭，因为备考时向季雨秋"取过经"，少走了不少弯路。可即便过来人的经验帮了他很多忙，"文转理"的挑战和艰辛也只有他自己才能体会。如果不是此前两年服兵役的经历让他坚韧了许多，他可能真会放弃。"影响最大的是心态上的一种改变，开始是懵懵懂懂的，后来每克服一个困难，往深处多走一步，目标就会越来越清晰。"

最终，季雨秋和张向旭分别被哈尔滨工业大学社会计算与信息检索研究中心和中国人民大学高瓴人工智能学院录取，两个人都拿到了文转理的入场券。

真正的挑战"上岸"之后才开始

历经千难万险，付出数倍努力后，凤毛麟角的跨专业学子终于"上岸"。可当这些文科背景的学生成为一名理工科专业的研究生时，真正的挑战才刚刚开始。

刚进大学时，季雨秋就很快认清并接受了"自己在复旦只是一个凡人"的定位，几乎不存在心理落差。可进入哈工大社会计算与信息检索研究中心这样国内一流的实验室继续深造，还来不及感受升学的快乐，扑面而来的压力就让她喘不过气来。一次，季雨秋苦思冥想、废寝忘食，终于做出一个模型的雏形，她非常兴奋，感受到前所未有的成就感。可师弟却开玩笑地告诉她："师姐，你就像一个专业运动员，才刚学会捡球而已。"

季雨秋常常改代码到深夜，每天只睡四五个小时。她知道自己必须做出一些成绩，才能在即将到来的秋季招聘中谋得一份心仪的工作。

2021年4月，某大型互联网公司需要补录一批软件开发岗位的应届生，季雨秋背水一战，终于实现了多年来的理想，成了一名算法工程师。

这条路即使孤单也要一直坚持下去

文理融合和交叉学科早已成为一种不可阻挡的趋势。心理学、语言学、神经科学和计算机科学，共同打造了认知科学；社会学和土木工程纳入了城市政策专业；计算和设计在数据可视化中相得益彰……越来越多的人相信，跨越人文和技术、艺术与科学等学科，才是创新的关键。

面对日益增多的考生，黄萱菁也有自己的困惑。以前，人工智能尚未被大众所知晓，像钱鹏这样前来投考的学生是抱着极大的学术热情来的。可近年来，人工智能大热，黄萱菁越来越难辨别，前来投考的学生对人工智能究竟是不是"真爱"。而这恰恰是黄萱菁最看重的考量因素。真正身处其中的人都深知，跨专业深造，尤其是从纯文科背景转投人工智能领域，要面临多少挑战和困难。若仅凭短视功利的一时兴起，而没有强烈的热爱、坚定的信念、清晰的目标和超强的学习能力——黄萱菁将其称之为因为挚爱而衍生出的"强大的自驱力"，转型几乎不可能成功。

（摘自《读者》2022年第22期）

父亲的金蛉子

赵丽宏

父亲老了,七十有三了,年轻时那一头乌黑柔软的头发变得斑白又稀疏。大概是我们天天在一起的缘故,真不知道他的头发是怎么白起来,怎么变得稀疏的。

有些人能返老还童,这话确实有道理。七十三岁的父亲,竟越来越像个孩子,对小虫小草之类的玩意儿的兴趣越来越浓。起初,是养金蛉子。乡下的亲戚用塑料盒子装了一只金蛉子,带给读小学的小外甥,却让父亲"扣"下来了。"小孩,迷上了小虫子,读书就没有心思了。"他一边微笑着申述理由,一边凑近透明的塑料盒子,仔细看那个被关在盒子里的小虫子。"听,它叫了!"他压低了声音,惊喜地告诉我,并且要我来看。盒子里的金蛉子果然在叫,声音幽幽的,但极清脆,仿佛一根银弦在很远的地方颤动。金蛉子形似蟋蟀,但比蟋蟀小得多,只有米粒大小,背脊上披着一对精巧的翅膀。叫的时候那对翅膀便高高地竖起来,像两面透明的金色小旗在飘……

金蛉子成了他的宝贝。他把塑料盒子带在身边,形影不离,有空的时候,就拿出盒子来看,一看就出神,旁人说什么做什么都不知道。时间长了,他仿佛和盒子里的金蛉子有了一种旁人无法理解的交流。那幽幽的叫声响起来的时候,他便微笑着陷入沉思,表情完全像个孩子。一次,他把塑料盒子放在掌心里,屏息静气地谛视了好久。见我进屋来,他神秘地一笑,喜滋滋地说:"你相信吗,我懂得金蛉子的意思呢!"

我当然不相信,这怎么可能呢!于是他把我拉到身边,要我和他一起盯着盒子里的金蛉子看。"我要它叫,它就会叫。"他很自信,也很认真。米粒大小的金蛉子稳稳地站在盒子中央,两根蛛丝般的触须悠然晃动着,像在和人打招呼。看了一会儿,他突然轻轻地叫了起来:"听着。它马上就要叫了!听着!"

果然,他的话音刚落,金蛉子背上两片亮晶晶的翅膀便一下子竖了起来,那幽泉般的声音便在我的耳畔回旋……"它马上要停了。你听着!"金蛉子叫得正欢,父亲突然又轻轻推了我一下,在耳边急促地告诉我。他的话音未落,金蛉子果真停止了鸣叫。

这件事真有些神奇。我问父亲其中究竟有什么奥秘,他笑了,并不是得意扬扬的笑,而是浅浅的淡淡的一笑。他说:"其实没啥稀奇的,看得多了,摸到它的规律了。不过,这个小生命确实有灵性呢,小时候,我就喜欢听它们叫,这叫声比什么歌曲都好听。有些孩子爱看它们打斗,把它们关在小盒子里,它们也会像蟋蟀一样开牙撕咬,可这有啥意思呢。"

他沉浸在童年的回忆中,绘声绘色地讲起了童年乡下的琐事,讲他怎样在草丛里捉金蛉子,怎样趁着月色和小伙伴一起去地主的瓜田里偷西瓜。在那无边无际的青纱帐中，孩子们用拳头砸开西瓜吃个饱，然后便躺在田垄上，看着天上的月牙、星星和银河，静静地听田野里无数小生命的大合唱。织布娘娘、纺纱童子、蟋蟀、油葫芦，以及许许多多无法叫出名字的小虫子，都在用不同的声音唱着自己的歌，它们的歌声和谐地交织在一起，使暗淡的夏夜充满了生机，充满了宁静的气息……"最好听的，还是金蛉子的声音。"说起金蛉子，父亲兴致特别浓，"金蛉子里，有地金蛉和天金蛉之分。天金蛉爬在桃树上，个儿比地金蛉大得多，翅膀金赤银亮，像一面小镜子，叫起来声音也响，像是弹琴。可天金蛉少得很，难找，它们是属于天上的。地金蛉才是属于我们的。别看地金蛉个儿小，叫声幽，那声音可了不起，大地上所有好听的声音，都能在地金蛉的叫声里找到。不信，你来听听。"

盒子里的金蛉子又叫起来了。父亲侧着头，听得专注而出神，脸上又露出孩子般的微笑……秋深了，风一阵凉过一阵。橘黄色的梧桐叶在窗外飞旋，跳着寂寞的舞蹈。塑料盒子里的金蛉子开始变得沉默寡言了，越来越难听到它的声音。父亲急起来，常常凝视着塑料盒子发呆。盒子里的金蛉子也有些呆了，缩在角落里一动不动，那一对小小的响翅似乎也失去了亮晶晶的光泽。

"你把它放在贴身的衣袋里试试，用体温暖着它。兴许还能过冬呢！"母亲见父亲愁眉不展，笑着提了一个建议。

父亲真把塑料盒子藏进了贴身的衬衣口袋。金蛉子活下来了，并且又像以前那样叫起来。不过金蛉子的歌声旁人是很难听见了，它只是属于父亲的，只要看到他老人家一动不动地站着或者坐着微笑沉思，我就知道是金蛉子在叫了。有时候，隐隐约约能听见金蛉子鸣唱，幽幽的声音是从父亲的身上，从他的胸口飘出来的。这声音仿佛一缕缕透明无形的烟雾,奇妙地把微笑着的父亲包裹起来。这烟雾里,有故乡的月色,有父亲儿时伙伴的笑声和脚步声……

(摘自《读者》2022年第20期)

你就是他

狮　心

我奶奶今年九十岁了。

她的两只耳朵重度耳聋。要凑近了喊，才能听到。她的膝盖有骨刺，不能走太多路。

她一辈子生活在上海的郊区，听不懂普通话，只能说上海郊区的土话。

对了，她还不识字。

因为奶奶听力不好，打电话给她时，我会特意用手遮一下下面的送话器，因为这样，电话里的声音会大很多。

如果有人对她说话，奶奶只能"啊？啊？"地反问。她问得多了，别人就不耐烦了，比如我爷爷。

至少在外人看来，我爷爷对我奶奶的态度特别差，经常凶她。

奶奶胆子小，害怕，就找了一个诀窍，就是"嗯，是的，是的"地回答。

但她其实什么都没听到。

她每天在家待着，自己有一个菜园，种一些野菜，到了中午，就坐下来看电视。

她不识字，看不懂电视屏幕下面的字幕；她听不懂普通话，就不知道剧中人在讲什么，只能看一看画面。

所以，我奶奶看得懂的只有一类节目，就是很多人嗤之以鼻的跳水闯关节目。

她看到有挑战者被机关打下水，就特别开心。爷爷不喜欢看这类节目，就出去打牌。

下午，我奶奶做饭，爷爷回来，吃顿饭还挑三拣四，骂骂咧咧。

我为此和爷爷沟通了好几次，但没什么用。

有一天晚上，我回爷爷家，敲了很久的门，都没人来开，我以为两个人都睡了。

于是，我就趴在窗边确认，看到电视机开着，里面播放着电视剧，爷爷正在我奶奶耳边解释电视剧的剧情，在她手上比画。

小老头人前凶巴巴的，没人的时候，却轻声细语的，像在教一个小学生。

后来，我才知道，他大声说话，是希望奶奶听见。

我们表面上很关心奶奶，对她"友善"，其实很多话到嘴边都吞下去了。因为在潜意识里，我们认为她听不到。

只有这个小老头骂骂咧咧，甚至有时候恼羞成怒。因为他想要她听见。

说句实话，两个人如果百年了，我希望奶奶先走。

如果爷爷先走了，奶奶就只能活在一个人的世界里。她看不懂电视在演什么，听不懂别人在说什么；走两步膝盖就会疼，也走不远。

本来她的世界就很小，如果爷爷先走了，她就什么都没了。

真心喜欢一个人是什么体验？

我觉得，爷爷奶奶最初在一起，可能不是因为爱情。但是，他们相处五六十年后，多少会发生点化学反应吧。

我爷爷不喜欢看跳水闯关类节目，但偶尔打牌也会爽约。等节目开始了，他也会叫上我奶奶，两个人一起看。

年轻人谈恋爱大体也是如此吧。

有好吃的东西，第一时间给她吃；有好笑的笑话，第一时间讲给她听；有什么糗事，也希望她来骂骂自己。

人生这场冒险，就算是些边角料，你都想双手为她奉上。

我想，真心喜欢一个人，你会微笑着成为他的嘴巴、他的鼻子、他的耳朵、他的眼睛……因为你就是他。

（摘自《读者》2022年第7期）

致　谢

  2022年10月16日，举世瞩目的中国共产党第二十次全国代表大会在北京召开，大会为我们今后的前进指明了方向、擘画了蓝图。党的二十大报告第八部分"推进文化自信自强　铸就社会主义文化新辉煌"为今后的文化工作提出了更高要求。在深入学习领会党的二十大精神的基础上，甘肃人民出版社按照党的二十大报告"实施全民道德提升工程，弘扬中华传统美德"的要求，策划了以"中华传统美德"为主题的新一辑"读者丛书"。丛书共10册，分别以"仁爱孝悌""谦和好礼""诚信知报""精忠报国""克己奉公""修己慎独""见利思义""勤俭廉政""笃实宽厚""勇毅力行"为主题，从历年《读者》杂志、各类图书及其他媒体上精选了600多篇美文汇编而成，我们希望通过一篇篇引人深思的文章或一个个感人至深的故事，让广大读者进一步加深对中华传统美德的认识，让这一美德在中华大地上能够得到更加广泛的传承和弘扬。

  与往年一样，《读者丛书·中华传统美德读本》的策划、编辑、出版得到了中共甘肃省委宣传部、甘肃省新闻出版局以及读者出版集团、读者杂志社等各方的指导和帮助，在此深表谢意！丛书的编选也得到了绝大多数作者的理解和支持，他们对作品的授权选编和对丛书的一致认可解除了我们的后顾之忧，对此我们表示诚挚的谢意！虽然我们尽力想把工作做得更细致、更扎实，但因为种种原因依然未能联系到部分作者，对此我们深表歉意，也请这些作者见到图书后与我们联系。我们的联系方式是：甘肃人民出版社（甘肃省兰州市曹家巷1号，730030，联系人：王建华，电话：13099199400）。

读者丛书编辑组

2023年10月